徳間文庫

遍照（へんじょう）の海

澤田ふじ子

目次

ゆく秋やほころびひどき頭陀袋（ずだぶくろ）　鎰屋以茶（かぎやいさ）

序章　生涯遍路

どこかで蟬が鳴いている。

白衣に経帷子をかさね、小さな観音開きの笈を背にした以茶は、手甲を結んだ薄汚れた手を菅笠のふちにやり、その声を目でさぐった。

だが蟬は数瞬、かしましく鳴いてすぐ飛び去ったとみえ、重い疲れをにじませる彼女の双眸には、鰯雲が暮色をふくみうかんでいるのが、映るだけであった。

土埃をあびた脚絆と金剛杖のかたわらでは、芒が白い穂をのぞかせている。四国遍路に追われてから二年余り、以茶は三度目の秋を、いま土佐国・高岡で迎えようとしていた。

この二年余り、彼女は讃岐、阿波、土佐、伊予の四ヵ国を幾度も歩きつづけてきた。以茶が鈴を鳴らしてきた遍路道の右手には、いつも野山がひろがり、お城下や大小の村落が点在していたが、左側はほとんどが常に碧い海だった。

弘法大師空海が開創したと伝えられる四国八十八ヵ所の霊場は、多くが四つの国の外(がい)周(しゅう)に沿って営まれているからである。

おだやかな碧い海の眺めはいい。だが冬、その海は昏(くら)い色をみなぎらせ、ときどき狂暴な姿となり、白い波濤(はとう)を鋭くもたげ、陸(おか)に襲いかかってくる。彼女が激しい雨や風にうたれ、お寺の参籠所(さんろうじょ)や善根宿(ぜんこんやど)、また木賃(きちん)宿に辛うじてたどり着く日も再々であった。

全身ずぶ濡れになり、木賃宿の土間に入る。

菅笠の紐(ひも)をとき、頭から顔まで包みこんだ白木綿(しろもめん)をぬぐと、薄暗い土間にひかえた人々は、一様に声をのみ、はっとした表情で以茶を見つめる。青ざめた顔が凄艶(せいえん)、彼女がぞっとするほど美しかったからだ。

目鼻立ちがととのい、黒く長い睫毛(まつげ)、哀しみをたたえた雰囲気が、特に男たちの目を引きつけた。年は宝暦(ほうれき)八年生れの二十四歳。均整のとれた豊かな身体つきが、かれらに生唾(なまつば)をのみこませる。それだけに、遍路道をたどっているうち、わずらわしい出来事もないではなかったが、男たちに言い寄られるたび、以茶は辛うじてそれらの災厄からまぬがれてきた。

隙(すき)のない態度、身辺にまとわりつく暗い雰囲気や、何事かを一途(いちず)に見つめる冷やかなものが、彼女をむりやり叢に押さえこみ、裾をめくる男を、最後にはたじろがせるのである。

　八十八ヵ所の霊場は四国各藩にまたがり、約三百五十里の行程。普通に歩いても五十日から六十日かかる。果てもなく旅をつづける以茶は、この遍路道をときにはゆっくりたどり、全部をまわるのに七、八十日をかける場合もあった。

　彼女はすでに霊場を十回ほどまわっていた。

「以茶さま、やっとおもどりになりようございました。お遍路の途中でなにか災いでも起こったのではないかと、それは案じておりました。さぞかしお疲れでございましょう。ごゆるりとご滞在にはなれますまいが、お許しの沙汰の間だけでも、なにとぞ、手足をのばしてお休みくださりませ。さあ、以茶さまに早く濯ぎをお持ちいたさぬか――」

　讃岐国高松藩領に入り、お城下の旅籠「井口屋」の暖簾をくぐると、鬢に白いものを加えた主の藤兵衛が、帳場から立ちあがり、以茶の許に駆けよってくる。

「徳島のご領内で風邪をひいて七日休み、伊予の松山でも、わたくしの不注意から足を痛めてしまい、ほんまにおそうなりました。ご心配をおかけしてすんまへん」

　やっと心の許せる旅籠に到着したことから、以茶はいつも肩で大きく吐息をつき、手甲脚絆の結び目をといて答える。

井口屋藤兵衛に深くなにもたずねないでいるが、かれは父鎰屋宗琳と深い縁があるにちがいなかった。そして父宗琳が、遠い京から自分に保護の手をのばしていてくれる。痛ましい顔で彼女を離れの一室に案内する藤兵衛が、必要以上、余分な口をきかないのは、巡礼者の個人的事情には触れない古来からの習わしにしたがっているのと、藩目付（監察方）衆の目が、どこに光っているかわからないからであろう。

ひと風呂浴びて以茶が離れにもどれば、きまって部屋のすみに、さまざまな生薬をつめた紙袋にそえ、小銭で五両が置かれていた。

以茶は病気で寝つかぬかぎり、同じ土地に十日以上の滞在は許されない。まるで追いたてられるように遍路道をたどり、生きているかぎり、これからもそれが続くのである。

――うちはこの遍路道を、死ぬまで歩いていなければなりまへんのや。いったい、いつになったら死ねますのやろ。いっそ今日にでも死んでしまいとうおす。

そんな衝動に以茶はいつも駆られた。

四国の春は、菜の花と巡礼の鈴の音につれてやってくるという。だが弘法大師への強い信仰から生れた四国遍路は、業病や難病をやんで故郷から追われた人や、深い悩みを胸にかかえた人々、また人生の敗残者、後世(ごせ)者たちが、ここに救いをもとめてもくる。こうした人たちにとって、遍路行は苦しい乞食行脚(こつじきあんぎゃ)の旅でもあった。

これまでにも以茶は、生命の終る日まで歩きつづけ、行き倒れとなり、路傍に埋められた人々の〈遍路墓〉を、いくつも見てきた。やがて自分もそうなるのであろう。

今朝もまた黄泉(よみ)への旅の身ごしらへ
虫鳴くや近江の人の土饅頭(どまんじゅう)

これは鎰屋以茶が、遍路の旅のなかで詠(よ)んだ句である。

一日でも早く死んでしまいたいと思いながら、それでも彼女は、どうしても決断できない熱い思いを、胸に抱えていた。生涯、会えなくてもやはり生きぬき、その成長を遠くから見守っていたいわが子を京に残していたからである。

児の夢をみて目覚めたる夜寒かな

以茶が歩く野道のわきには、黄熟した稲がたわわに実り、前方のはるかむこうに、小高い医王山が青くうねっている。その中腹に、第三十五番札所清滝寺の甍がみえた。

「南無大師遍照金剛――」

彼女は鈴を鳴らし、口の中で小さくつぶやいた。

遍照金剛とは、弘法大師空海が、唐の長安で師の恵果阿闍梨から、正統密教の伝授をうけたときさずけられた灌頂号（名号）。鈴の余韻が野面の果てに寂しくきえていった。

しだいに医王山が近くなってくる。

山の麓には草葺きの家々がならんでいた。

柿の実が濃く色づき、彼女の笈におさめられた句帳には、こんな句も記されていた。

　転びつつ子のもてきたる柿一つ

「お遍路さまぁ」

大きな声で叫び、女の子がもぎたての柿を一つ、報謝してくれたのである。

彼女の先を歩いていた遍路の姿が、参道をかかえた大きな竹藪の中にかくれ、つぎには以茶もそれにつづきかけた。

だが彼女は、竹藪の手前で草鞋（わらじ）の足を不意に止めた。参道の両脇を、たっつけ袴（ばかま）をはいた武士と、六尺棒をたずさえた小者たちが固めていたからであった。

「そこにまいられた女巡礼どの、お役目じゃ。通行手形を改めさせてもらいたい」

かれらの頭取（とうどり）とみられる中年すぎの武士が、丁寧な態度で以茶に声をかけてきた。

巡礼の盛行につれ、土佐藩は諸悪を働く者があるとして、巡礼者の取り締りに厳しくのぞんでいた。

これは他の諸藩とも同じで、先年、徳島藩では領内の庄屋から、「大坂口御番所、讃州より四国遍路の通り道でございますので、まぎらわしい乞食体の者が、入りこんでいるとききます。右の御番所で念を入れて改めていただくよう、命じてください」との訴えが、藩庁に提出されたためもあり、土佐藩でも関所だけでなく、領内各所や駅路寺（えきろじ）でも適時、訊問（じんもん）がなされていた。

通行手形の改めを求めたのは、中村街道に構えられる高岡送番所（おくりばんしょ）の役人であった。

「は、はい。かしこまりました」

以茶は一瞬、ひるみ、片膝（かたひざ）をついた。

「その方、いかがしたのじゃ、土佐をめぐる巡礼は、通行手形、ならびに銭一貫文を所持いたさねばならぬぐらいぞんじておろう。もし通行手形を所持いたさぬとなれば、甲浦（かんのうら）口の関所をいかにして通ってきたかも、改めて詮議（せんぎ）いたさねばならぬ」

中年すぎの武士は、重い国訛（なま）りで詰問した。

甲浦口は徳島藩との境界になる。

伊予国宇和島藩との境界は、西の宿毛（すくも）口に構えられ、同藩では巡礼者の両口以外での出入国をきびしく禁じていた。

「いえ、めっそうもございまへん」

「では手形を所持いたしているのじゃな」

「はい、掟（おきて）にしたがいまして――」

以茶は背中から笈を下し、観音開きの扉を開けた。油紙につつんだ数通の書状と、ついで頭陀袋（ずだぶくろ）のなかから駒形の通行手形を取りだした。

「なるほど」

彼女から渡された包みを受け取り、武士は油紙に手をかけた。以茶は菅笠をぬぎ、武士の前に土下座して手をついた。

油紙が乾いた音をたてて開かれる。

その小さな音が、以茶には身を刻まれるように辛（つら）かった。

「うむ。そなたの身上についてなら、誰からともなくきいておった。いや、これはいらざる詮議をいたしたわい。役目のことゆえ許してもらいたい。これから南国の土佐とて寒い冬になる。苦労だろうが、息災に遍路をいたすのじゃな。これはわしのほんの気持じゃ。受けていってくれ」

かれは急に態度を改め、包みなおした油紙の上に、小粒銀を一つのせ、以茶に返した。

「お言葉、かたじけのうございます。ご喜捨のほど、ありがたく頂戴いたしまする」

「では、清滝寺に詣（もう）でられるがよい」

以茶はかれに深々と一礼し、菅笠をぬいだまま、悄然（しょうぜん）とした背をみせ、参道に足を踏み入れていった。

「頭取さま、どういたされました」

彼女の後ろで、不審をたずねる声がひびいた。

以茶が頭陀袋にもどした通行手形は、長さが四寸、幅は三寸の木札。油紙につつみ、再び笈のなかに納めた書状の一つには、こう記されていた。

覚

山城国京域塗師屋町鎰屋宗琳女以茶

右者此般京都所司代并京都町奉行所ノ沙汰ヲ蒙リ、四国霊場拝礼ニ罷越候。代々真言宗ニテ則当寺檀那ニ無紛御座候条、各藩御番所無相違御通可被仰付候。若シ行暮候得者一宿相願上候。万一行倒病死等仕候節ハ、其処ノ御作法次第ニ御取埋可被仰付候。其節ハ当所司代并奉行所、親許へ御届無用ニ候。依而為後日之寺請証状一札如件。京都所司代印　京都町奉行所印

諸藩御関所御役人中

村々御役人中

これは俗にいう「捨往来手形」であった。

鈴の音が大藪のむこうで、ちりんとまた寂しく鳴った。

ありがたや遍路の道の水いっぱい

雀去ねあとの少ない布施の米
紙幟（鯉幟）老いた遍路の里心
木枯しやわが身一つの棄てどころ

第一章　祝言

一

「なにをぐずぐずしてんねん」

「ぐっと腰をすえて運ばんかいな」

紙商鎰屋――の白暖簾を下げた店の表から、中番頭の忠兵衛や手代の新助たちが、丁稚を叱る声がきこえてくる。

大坂の堂島や江戸堀に構えられる諸藩の蔵屋敷から、大量に買いつけられた紙荷が、いま大八車を連ねてとどいたのであろう。

惣庭に面した縁側座敷で、以茶は侘びた信楽の古壺に櫨の木と石蕗の花を活けながら、店のざわめきにふと耳をそばだてた。

鎰屋には番頭が三人おり、一人は大番頭の清左衛門。あとの二人が、三人いる手代の一人をともない、節季ごとに表と内に入れかわる。表は諸藩の蔵屋敷を訪ねて仕入れに当ったり、御所や東西両本願寺のほか、各宗の本山に出かけて、御用や注文をうけてくる。内の番頭は、残りの手代たちを指図し、店の商いに当っていた。

鎰屋は上は襖紙や絵紙、また和歌や連歌を詠進する色紙や短冊、下は商家が日常用いる大福帳や当座帳、さらには習字用の紙まであつかっている。それだけに、中京・塗師屋町（車屋町）で間口二十間の店を西にむけて構える鎰屋宗琳は、市中で屈指の商人であった。

いきおい付き合いは、宮門跡から摂家や清華家、各町の大店、庶民まで各層の人々におよんでいた。だが満つれば欠けるのたとえ通り、妻千代を三年前に失った。また家に男子はなく、長女以茶、次女千寿がめぐまれたにすぎなかった。

以茶は昨安永五年三月、父宗琳が目をつけていた手代の栄次郎を、婿として迎えていた。もちろん、万事に慎重な宗琳は、前年末、大番頭の清左衛門や中番頭の忠兵衛、小番頭富蔵の三人を、東山・高台寺脇の寮（別邸）に呼びよせ、自分の考えの是非をたずねた。

鎰屋の初代甚助は、加賀国金沢近在の桜田村から夫婦で京にでてきた。当初は上京・長者町の裏長屋に住み、常に天秤棒を肩にして鞍馬や貴船に通った。そこで炭や柴を買い入れ、町で担い売りをして小銭を溜め、勤勉節約のすえ薪炭商をはじめた。

他家へ奉公に行っていた二代目が、家や地所を取得し、商いを大きくした。だが近所からの失火で全焼の災厄にあい、仕入れ先の懇意のすすめで現在の場所を借りうけ、紙小売商に転業した。

薪炭商と紙商は、一見すれば全く異業種に思えるが、紙の原材料は楮などの木、山間地で杣仕事にたずさわる人々に、二つはきわめて近い存在であった。

当代の宗琳は四代目。本来なら親戚や縁者から養子をとるべきだが、代々の主夫婦がともに親戚の縁が薄かったのと、五十歳をはるかにすぎた宗琳の目にかなう人物が、強いて身内から探そうにもいなかったのである。

「旦那さまがさようにお考えどしたら、わたくしどもに異はございまへん。栄次郎は九つのときお店へ奉公にあがり、この十五年、なんの過ちもなく勤めてまいりました。酒や女子遊びもせんと、読書算筆に心掛け、わたくしどもだけではのうて、源三や新助たち手代仲間、また丁稚や店の表裏どっちの女子衆にも受けがようございますさかい、難はございいまへんどっしゃろ。旦那さま同様、一途に奉公させていただきます」

番頭たちに相談の時間をあたえるため、一時部屋を離れた宗琳が、再び座にもどると、大番頭の清左衛門が、三人を代表して答えた。

鎰屋は近くの町内に、長屋や家作を持っていた。番頭や手代たちが世帯を構えるといえば、宗琳は家賃なしでそれらに住まわせ、かれの代になり、すでに二人の番頭が暖簾分けをうけ、別に小売商の店を開いていた。

「それをきいてわたしは安心しました。なにしろいままで一緒に働き、台所の下床（しもゆか）で御飯をいただいていた栄次郎を、若旦那と呼ばなならんのどすさかい。みんなの気持がすっきりせな、店の商いにも障（さわ）りがでてきますしなあ。わたしと番頭はんたちの目が、一つに合うて幸いどした。おおきに。せやけど店の奉公人たちは、いずれにしてもちょっと戸惑いますやろし、そこは上に立つ番頭はんたちが、栄次郎を立て、あんじょうやっとくれやすか。これはなにもわたしや娘の以茶のためやおへん。鎰屋の暖簾をみんなで守っていかなあかんさかい頼んでいることどす」

「旦那さま、それどしたら、わたしらかて十分に分別してます。どうぞ安心しとくれやす。ほかの番頭かて同じどすわ」

中番頭の忠兵衛が、小番頭の富蔵とうなずき合っていい、宗琳を安堵させた。

「おおきに。よういうてくれました。おまえはん方の身の始末は、わたしも十分に考えてますさかい、その気持を汲み、それでは塩梅ようやっておくれ。これはわたしのほんの気持どす。もどりに祇園界隈でいっぱいやっていきなはれ。わたしの前では、酒もおいしゅう飲めしまへんやろ」

宗琳は冗談めかしていい、懐から大きな懐紙入れをとりだし、奉書紙につつんだ小判をそれぞれに渡した。

「旦那さまからこんなご心配をしていただいたら、どもなりまへん」

「まあ固いこといわんと、みんなでわたしの気持を受けなはれ」

数日後、栄次郎が宗琳の居間に呼ばれた。

ほどなく二十五歳になるかれは、左右に番頭たちをひかえさせた宗琳から、入婿の話をきかされると、小声で以茶の気持をたずねた。そして上気した顔で、あとはすべておまかせいたしますと低頭した。

栄次郎の親許は、一乗寺村山科家領（二百石）の百姓。家は長男があとを継ぎ、問題はなかった。

一乗寺村は曼殊院宮（まんしゅいんのみや）領、九条家領、万里小路（までのこうじ）家領、神護寺領、法然院領など、公家領や寺領が多く、それだけに百姓といえども並みの者とはちがい、特別な誇りをもっていた。小百姓でも主家への出入りが許され、栄次郎は前大納言山科敬言（ゆきとき）の口ききで、鎰屋へ奉公にあがったのである。

年が明け、以茶は父宗琳から、手代の栄次郎を婿に迎えたいときかされた。そのとき彼女は一瞬、表情をこわばらせ、つぎに顔を赤らめ膝許に目を伏せた。

京屋敷の用をおび、鎰屋を訪れる諸藩の若い武士や、茶会などで顔を合わせる年若い男たちの姿が、眼裏（まなうら）を鮮明にかすめた。

死んだ母親の千代から、いずれ婿養子をとり、おまえがこの鎰屋を継ぐのだといいきかされてきた。常々、覚悟をつけていたものの、手代の栄次郎を夫にするとは、寝耳に水の驚きであった。

「まさかとは思うけど、もし心に決めた男はんがいるんどしたら、わたしにいいなはれ。それやったらそれで、できる相談どしたら、おまえの想いをかなえさせてやります。わたしには、栄次郎をおまえに強（し）いて押しつけるつもりはありまへんのやで。ただご先祖さまから受けついできた鎰屋の商いと、おまえの幸せを考え、栄次郎を婿にとるのが一番やと、思案しただけどす。それでおまえの気持はどないなんや」

声をひそめ、宗琳はいうだけをいった。

以茶は顔を伏せたまま、袂を両手でいじり、答えに窮した。

自分はまだ十九歳になったばかりである。

世間や身辺の人から、もうそろそろお婿はんをといわれていたが、心のどこかでそれはまだずっと先のことだと思い、他人事みたいに考えていた。

当面、心に決めた相手はいなかったが、年頃の娘だけに、夫にするならこんな男はんをというぐらいの人物像は持っていた。その相手は、暮しがたてていければ少々貧しくてもいい。誰に対しても思いやりがあり、健康にすぐれ、一生懸命、自分の仕事にうちこむ人がよかった。

三つ歳の離れた妹の千寿に語ったところ、それは姉さんの贅沢、生れたときから不自由なく育ってきたための思いあがりだ。うちにも姉さんにも、現実、貧乏な暮しはできないと、死んだ母に似た切れ長の目を細めていわれ、一笑に付された。

世の中には、毎日の生活にも窮する人々がいっぱいいる。いまの暮しを捨て、かれらのなかに身を投じるには、やはり大きな勇気がいり、強いてその必要はなかろう。

鎰屋の総領娘としてなに不自由なく育てられ、周囲から敬われ、大事にされてきた歳月を思えば、千寿の言葉が道理にちがいない。世帯の苦労も知らずに夢をみているのだといわれれば、以茶にも反論するだけの根拠はなかった。

「どうだね以茶、お父っつぁんはおまえに無理をいうてるのやろうかなあ」

宗琳は、老女分として長年姉妹の面倒をみてきたお民の運んできた渋茶で、喉をうるおし、以茶に返事をうながした。

妹娘の千寿は勝気で我儘。それにくらべ以茶は慈悲深く、外出のおり、路傍に坐る哀れな人々に施すため、一文銭を用意して出かけるぐらい、宗琳はお民や大番頭の清左衛門にきかされよく知っている。

彼女の行為が、鎰屋の評判をいくらかでも高めている結果に、かれは深く満足していた。

「お父さま、そんな、うちには好きな男はんなんかいてしまへん。お父さまがお店やうちの幸せを考えはったうえ、栄次郎を鎰屋の婿にしたいいわはるんどしたら、うちに文句はありまへん。せやけど、千寿の意見もたずねなあきまへんやろ」

栄次郎の顔や店での動きを一つひとつ胸によみがえらせ、以茶は気持のどこかにひっかかるものを感じながら、宗琳をみつめた。

「そうかそうか。以茶、よういうてくれた。ほんならこの話、山科家の殿様のお耳にも入れ、進めてもええのやな。お母はんが死ぬとき、おまえや千寿の身をひどく気にしてはったさかい、これでわたしも肩の荷が下ろせ、ひと安心や。千寿は手代の栄次郎やったら、無愛想やけど男前、目先がしっかり見えて、少しお人好しの姉さんの婿はんとして悪うないとゆうてました。そらおまえの婿を世話してくんなはれと、同業者の衆やあっちこっちに相談をかけたら、どこの大店からでも、仰山縁談が持ちこまれてきますわいな。そやけど店を繁盛させていくのは、大店との関わりや育ちのよさなんかではおまへん。おまえかて、芸が身を助けるほどの不幸せいう言葉を知ってますやろ。わたしも謡、俳諧（俳句）に将棋ぐらいやり、おまえにも茶湯に花、同じく俳諧をやらせてきました。そらある程度の芸事は、お人と付き合うためにも必要どす。けどな、わたしが知ってるお店のぼん（息子）はんは、そんな比ではのうて、大方が芸達者。茶湯、能、鼓、蹴鞠、浄瑠璃、俳諧にとうつつをぬかし、月次の会には必ず顔を出してますわいな。いくら番頭はんや手代が商いをしっかり守ってたかて、これでは鎰屋の家業を委せられしまへん。そこを考えたら、手堅い栄次郎なら心配はありまへんわ」

　月次の会とは、諸芸の月例会を指している。

諸芸の師匠たちは、自宅や指南所に有力な町人やその子弟を迎え、教授料を受けて芸事を教え、芸の上達につれ許状をあたえる。月次会はいわば、かれらが門弟の頭数を確かめ、合わせて収入を確保するための催しで、元禄、享保期以後、諸芸はさらに伝統的権威をそなえ、家元制度へと編成されていった。

質素で地味な暮しを営む商人には、忌避すべき一群だが、こうした諸芸能者や、それを支える町人たちの存在と芸事の普及が、京都を文化的都市としてまた特有な発展をさせてもきたのである。

三井家三代の高房は、奢侈、遊芸への耽溺が家を傾けるとして、家業経営の心得を子孫に書きのこすため、『町人考見録』を編んだ。

京一番の薬屋「播磨屋」二代目の長右衛門は、若いころから和歌、蹴鞠に熱中して家業をおろそかにしたあげく、ついには山師に騙され没落した。三条の「新屋」伊兵衛の息子は、幼少のころから能を習い、長ずるにおよんでますますこれに没頭して身代を潰し、やがて蜂須賀家お抱えの能役者となり、一生を終えた。室町大門町の呉服屋「大黒屋」は、江戸店をもつほどの分限者だったが、浄瑠璃にふけり家は没落、晩年は町芝居に出演して、辛うじて暮しをたてていた。

三井高房は「仮初にも、幼少の子供に遊芸を習し申事、第一、其の親のあやまり也」といい、井原西鶴は『日本永代蔵』のなかで、「俗姓、筋目にもかまはず、只金銀が町人の氏系図になるぞかし」と意見をのべている。

また京の町人たちに独特の商哲学を説いた石門心学の石田梅岩は、「家業のことは手代にまかせ、遊芸に忙しきと云。汝今安楽に暮すは、家業の影（おかげ）にあらずや。職分を知らざるものは、禽獣にも劣れり」と、遊芸をきびしく批判した。

親苦労し、子楽し、孫乞食すとは、家産を傾けた多くの家の例だが、鎰屋は四代の宗琳まで、堅実に家業をつづけ資産を蓄えてきた。かれは以茶にかけた言葉のなかで、婉曲に家業存続が第一と説いたのであった。

彼女と手代栄次郎の祝言は、町政にたずさわる町内の町年寄と五人組役、親しい同業者、それに少ない両家の身内にくわえ、非公式ながら領家の山科敬言の出席を仰いで行なわれた。

翌日には家持ち、借家人にかかわりなく、町内の全員に、若夫婦披露の振舞いがなされ、店の奉公人には金一封が渡された。

江戸時代、京都の各町内は、一つの自治組織として機能していた。借家人は町政に関して、一人前の権利も義務もなかった。〈町人〉とは家持ちの者をいい、町年寄は町政の最高責任者。五人組役は町年寄を補佐し、所司代や町奉行所の発する触書にもとづき、町内の支配と維持に当った。

栄次郎を鎰屋の婿にするについて、宗琳は誰よりも先に、町内の町年寄、金物商「菊屋」市兵衛の承諾を得ていた。

「いくらお包みやしたかは知りまへんけど、ご領家の殿様(とのさん)にまでおいでいただき、なにはともあれ結構どしたがな。また今日は、このわたしまで引出物を頂戴してなあ。ほんまにありがたい扱いどしたわ」

京都では、天皇のことを当今(とうぎん)さまと呼び、親王家、摂家、清華家、大臣家の当主を御所(ごっ)様(さん)、一般平堂上(ひらとうしょう)の当主を殿様(とのさん)と呼んでいた。

山科家は四条家〈七家〉の一つ、今出川御門外西に屋敷がある。すべての行事をすませたあと、宗琳は菊屋市兵衛に同道を乞い、山科家へお礼に参上した。そのもどり、市兵衛が敬言から引出物としてあたえられた一本の扇と、菊花の絵に和歌をそえた画幅(がふく)を、額(ひたい)におしいただいてつぶやいた。

山科敬言から同じ構図の引出物を頂戴した宗琳は、画幅をすぐ表装に出した。

いまその画幅が、花を活けている以茶の背後の書院に掛かっている。

店の表の騒ぎが少し鎮まってきた。

以茶がきき耳をたてたのは、その声のなかに、栄次郎のものがないかと思ったからであった。

だが、かれの声がきこえないことからうかがえば、栄次郎は紙蔵(かみぐら)で仕入帳を片手にもち、納められてくる荷を一つひとつ確かめ、記帳でもしているのだろう。

かれと祝言を挙げてから約一年半、夫婦の間は表面上、しごく円満にいっていた。以茶は奉公人の前では、特に栄次郎を立ててみせ、物言いにも気をつけている。自分で判断できる家内(いえうち)の小さな始末でも、わざと若旦那さまにおたずねしなはれと、かれの存在を強調した。

それは夫婦二人だけになったときも同じで、当初、閨(ねや)で気怖(きお)じしていた栄次郎の手も、一年半をすぎたいまでは、遠慮もなく以茶の白い胸や下肢にのびてくる。

そのたび以茶は、かれの荒い息づかいと容赦のない動きが収まるまで、目を閉じ息をひそめ、どんな乱暴で淫らな行為にも耐えた。

当初から行為のなかに、いたわりの気配がないのが、以茶の気持を冷えさせていた。

こんな恥ずかしい業苦から早く解放されたい。月日がたつにつれ、快いものを感じないではなかったが、それより先に、襦袢を半ばはぎとられた身体が、幽かな行燈の光のなかでまず固くなった。

栄次郎の執拗な行為は、相手に復讐をはたすように、どこか残忍さをひめていた。以茶の身体を縦横に責めさいなみ、自分の優位を示すことで、鎰屋での立場を彼女に明らかにするという無言の主張を、以茶はいつも感じた。

もっとも、栄次郎には女遊びの経験がなく、女をいたぶることが、そのまま可愛がることと理解しているおもむきもないではなかった。

「わたしがこれだけ尽しているのに、おまえさまはうれしそうな顔一つ見せへんのやなあ。まあそのうち、わたしの良さがわかってきますやろ」

宗琳や妹の千寿、また奉公人の前では、彼女を以茶と呼びすてにしていても、栄次郎は夫婦二人になると、やはりまだ妻への物怖じが残っているのか、妙に敬称をつけて呼んでいた。

昨夜も以茶はかれに背をむけ、同じ言葉をききながら、乱れた襟足をかきあげ、胸許をととのえた。

男女とも身体を合わせれば、お互いの心や器量のほどがいっそうよくわかるものだ。養子として鎰屋の家業や身代を守るためと説く栄次郎の言葉を、素直に受けとめたいが、それにしてもかれの物惜しみは相当なものであった。

店の帳場では、大番頭の清左衛門やもとの朋輩源三たちの手前、吝嗇を露骨にみせなかったが、近ごろ奥向きでは、なにかにつけて倹約をいう。以茶が小銭を用意して外に出かけるたび、あからさまに険しい目をむけ、寝物語で、おまえさまの道楽もほどほどにしてもらわねばと苦情をもらした。

そんなかれの度量の狭さが、鎰屋の店からなんとなく明るさを奪っている。

店に紙荷が運ばれてきたとき、鎰屋では人足衆を広い台所の土間に招き入れ、酒を一分に振舞う習慣になっていた。

だがここ数ヵ月、その規模も縮小されているようすだった。

石蕗の花を信楽の壺に活け終え、以茶はそれを書院の隅床に置いた。

「お店さま（女主）、きれいに活けられましたなあ。もう跡片付けしまひょか」

隅床から退き、壺の花に見とれている以茶に、縁側座敷の端から老女のお民が声をかけてきた。

「おや、ばあや。ではそうしておくんなはれ。それに店の積み荷の用もすんだみたいやし、ちょっと徳松を呼んでもらえしまへんか」

「徳松どんを――」

白髪頭のお民が、以茶の顔をうかがった。

徳松は九歳、昨年の末、洛外の下桂村から奉公にやってきた。ぐっと腰をすえて運ばんかいなと手代の新助に叱られていたのは、おそらく徳松だろう。

「徳松に書いてもらいたいもんがあるさかいどす」

「へえ、わかりました。船屋町の貸家の貼り札を書かせはるんどすな」

「そのつもりどす。あの子はまだ子供やさかい」

以茶はおだやかに微笑した。

鎰屋は塗師屋町から南にさほど離れていない東洞院二条の仁王門町に三軒の貸家と、東洞院押小路の船屋町に、向かい合わせた六軒の棟割り長屋を持っていた。

仁王門町の一軒と、長屋の一軒が同時に空いたため、以茶は〈貸家札〉を、小僧の徳松に書かせようと考えたのである。

京都ではどんな分限者でも、同じ町内に何軒もの貸家を持たないのを不文律としてきた。

一個人の財力による一町支配を防ぐのと、人から怨みを買わないためで、これが町の自治を容易にさせ、町並みの保存にも役立ってきた。

貸家札は必ず子供に書かせ、それを斜めにして戸に貼りつける。こうすれば、その家は早く借り手がみつかるといわれている。

空家を探す当人は、口伝えや町筋を自分で歩いて適当な家を見つけ、家主と交渉する。だが家主といえども、町内の町年寄や組役の承諾がなければ、勝手に貸せなかった。貸家を希望する者があらわれれば、家主は相手の身許を調べ、町年寄と組役に報告して許可をもとめる。

かれらから許しがでると、借家人は身許の確かな家持ち町人を請人（保証人）として、本人と請人の署名・加判を施した「借家請状」に、「寺請証文」をつけて町役に提出する。

家の売買にも、町はうるさく関与した。

家を売りたい当人は、なにより先に町年寄に相談し、両隣りに取得の意思のあるなしをたずねてもらい、ない場合、町全体に問いかける。これでさらに取得者がないとき、初めて他の町内に売却を明らかにする。

町内に見知らぬ住人を新しく迎えるのは不安で、他町からの購入希望者があらわれると、当人の素性を徹底して調べた。

鎰屋では以茶の祖母の代から、貸家と六軒の長屋は、女主人の差配にゆだねられ、〈女事〉として月々の家賃も彼女の管理にまかされていた。

そのほか、大福帳や判取帳など和帳をつくるときできる截ちおとしの紙も同様だった。以茶は截ちおとした紙のなかから、上等のものだけを選びだしてためておき、年に数回、左官の棟梁に売りわたした。

かれらはこれを煮もどして、白壁の上塗り材にもちいるのである。

「お店さま、なんぞうちにご用どすか――」

お民の姿が奥棟から消えてまもなく、徳松が廊下に手をついてたずねた。

「おや徳松どん、きてくれましたか。墨と筆を仕度しておきましたさかい、ここに坐り、その紙にかしやと書いてくれまへんか」

以茶はやっと店に馴れてきた徳松に話しかけた。

書院座敷の中央には、惣庭にむけて二月堂（机）がすえられている。上に蒔絵をほどこした硯箱と、短冊形に截たれた厚手の美濃紙がのっていた。

「おいいつけどすけど、うち、上手に字書けしまへんねん」

いきなり以茶に呼ばれ、貸家札を書けといわれた徳松は、自分がなぜ選ばれたのかわからず、狼狽して答えた。

「徳松どん、字の上手下手はどうでもええのえ。貸家札は子供に書かせて貼る、そうすれば、早く良い借家人にかりてもらえるといいますのや。それでおまえを呼んだのどす。下手なら下手でかまへんさかい、ひらがなでかしやと、落ち着いて書きなはれ。それが三枚できたら、番頭はんに断っておきますさかい、仁王門町と船屋町の長屋まで、うちのお供をしなはれ」

以茶は徳松を二月堂のまえに坐らせて命じた。

徳松は筆に墨をふくませ、〈かしや〉と金釘（かなくぎ）文字をすぐに三枚書いた。

「まあ徳松どん、下手なりに風格があり、なかなか立派な字やおへんか。人さまの目をぐっと引きつけるもんがおますえ」

以茶は一枚の札を手にとり、顔をほころばせた。

池大雅（いけのたいが）や与謝蕪村（よさぶそん）の書画が、胸裏をふとかすめた。

栄次郎と祝言を挙げる二年前まで、彼女は父の宗琳に連れられ、ほんの一年余り、四条烏丸（からすま）東に住む俳諧の宗匠、与謝蕪村の許に通い、俳諧を詠んでいたのである。

蕪村は二十歳すぎのころ、摂津国東成郡毛馬村の生国を出奔し、長く江戸で暮したすえ、四十二歳の宝暦七年秋、京都にまでもどった。そして明和七年三月、同門の人々に請（こ）われ、師巴人（はじん）のあとをうけて正式に文台披（ぶんだいびら）きを行ない、五十五歳で夜半亭二世を継承した。

だが古きを尊ぶ京都で、平明な蕪村の俳諧はあまり快く受け入れられない。ためにかれは余技に力をそそぎ、描絵（かきえ）を安価に売って生活をたてていた。

徳松の文字は、蕪村の好敵手、池大雅の風韻（ふういん）には遠くおよばないが、稚拙な雰囲気がどこか似ていた。

その池大雅は、以茶が栄次郎と祝言を挙げた直後の四月十三日、五十四歳で没した。

同年十二月、蕪村の娘くのの十六歳が、西洞院椹木町（さわらぎ）に住む三井家の料理人、柿屋伝兵衛に嫁したが、どうしたわけか不縁になり、今年の五月末、蕪村の許にもどってきたときいていた。

四半刻（三十分）ほどあと、以茶は徳松をしたがえ、店の暖簾を外にくぐった。

鎰屋の表構えは、広い土間をひかえた出格子窓、二階は虫籠（むしこ）窓、道沿いに犬矢来が置かれ、黒塗りの囲い塀の上から、紙蔵や土蔵の屋根がのぞいていた。

「さあ、行きまひょか」

以茶にうながされ、徳松がへえとうなずいた。

二

火床の口を渋団扇でばたばたとあおいだ。

炭火が赤く燃え、鯛を焼く香しい匂いが広い台所にひろがった。

「おひさ、竹籠の仕度はできてますわなあ。笹の葉は丁寧にふいて敷いてくれたか」

襷をかけ、渋団扇を動かしていた以茶が、内井戸の釣瓶で水をくんでいる下働きのおひさにたずねた。

「へえ、もう先にすませ、お盆の上にのせてます」

おひさは二つ返事でいい、釣瓶の水をざっと水甕に注いだ。

「そうか、おおきに。いつも手廻しがようて、おひさはおりこうやなあ」

彼女は徳松と同じ年で九歳になる。

小僧や台所の下働きでも、相手がまだ子供だけに、叱るだけが能ではない。褒めて使い、自信をもたせるのが、いい奉公人を育てるこつであった。

今朝、四条烏丸西に京屋敷を置く徳島藩留守居役の西尾荘左衛門から、季節の進物として、大きな鯛が五匹届けられたのだ。

同藩の経済を支えるのは〈阿波藍〉だが、領内でつくられる御用紙の売買が、鎰屋との間で年に三千両ほどあったからである。

「早船で一路、大坂の蔵屋敷に届けられ、さらに京屋敷まで早駕籠で運ばれてまいりましたゆえ、鮮度も落ちておりますまい。なにとぞ、ご一同様で阿波鯛の美味を味おうてくだされ」

中間をしたがえ鎰屋を訪れたのは、留守居役付きの阿部縫殿助。かれは客間に茶をもってあらわれた以茶にも、下座にひかえる宗琳や栄次郎にのべたのと同じ言葉を吐いた。

「お国許からのお指図では仕方おへんけど、やっぱりお名残り惜しゅうございますなあ」

「口だけは達者ながら、それがしの父もそろそろ歳でござりますれば――」

かれは以茶が手をついて退く姿をじっと眺め、話をもとにもどし、顔を宗琳と栄次郎にむけ直した。

「京屋敷詰めにおなりになり、四年でございましたかいなあ」

「いや、四年半じゃ。いろいろお世話になりもうした」

「とんでもございまへん。お国許におもどりになられましたら、紙役所の方々にも、京の鎰屋がよろしゅうもうしていたとお伝えくださりませ」

同藩では、領内山間部でつくられ、藩の紙役所に納められる上質の漉上紙(すきあげがみ)を、御用紙と称していた。

「さよう確かにもうし伝えまする」

「それでお国許にお帰りになったら、ご妻女さまをお迎えにあいなり、お父上さまの跡をお継ぎめされるのでございましょうなあ」

「それはまあ、どうなることやら」

以茶は廊下のまがり角で足を止め、阿部縫殿助が声をひくめていうのをきき、ちくりと胸が疼(うず)くのを感じた。

父親から栄次郎を婿にといわれたとき、彼女の眼裏(まなうら)をかすめた影の一つに、縫殿助の姿があったからであった。

各藩が京都に藩邸を構えているのは、経済と外交のためで、普段から留守居役は、有力公家や社寺と交際を重ね、禁裏にも誼(よしみ)を通じ、藩主の官位昇進に便宜をはかってもらう。

さらに染織品や蒔絵などすぐれた京の手工業製品を購入し、一方、国産品の売却にもっとめた。各藩の留守居役と在京の藩士たちは、これらに目的をおき、藩指定の御用呉服商のほか、有力商人と親密な関係をもっている。

阿部縫殿助は留守居役付き、徳島藩の上士の嫡男だときいていた。

以茶に塩をふられ、金串を打たれた鯛が、ぴんと尾をそらせ、丁度の火加減に焼けている。

彼女は長竈（ながかまど）の火床をのぞいて焼け工合を確かめ、二本の金串をしっかり持ち、上手に裏返した。

「いい匂いがする思うたら、おやおや鯛を焼いてはったんどすか。立派な大鯛で、これはうまそうどすなあ」

店棟に通じる廊下から、阿諛（あゆ）をふくんだ声が、以茶の背にかけられた。

細い項（うなじ）をまわし声の方を見ると、栄次郎とならび下っ引き（岡っ引き）の島蔵が、十手を帯にはさみ立っていた。

「これは島蔵の親分さま――」

以茶は渋団扇を持ったまま腰を浮かせ、愛想をいった。

「すんまへん。若旦那さまがお忙しいいうのに、またお邪魔してからに」

かれは小狡そうな笑いを胆汁質の顔ににじませ、またゆっくり頭を下げた。

五日に一度くらいのわりで、かれは鎰屋にやってくる。

以前はそれほどでもなかったが、栄次郎が鎰屋の婿になってから、二人は馬が合うのか、訪れる頻度が増していた。

「島蔵の親分は、西町奉行所の同心長坂半十郎さまから十手をお預りしている下っ引き。町内になにかと目を配ってくれて便利やけど、わしはどうもあの男が好きになれへん。来るたびに握らせてる小銭ぐらい、ちょっとも惜しゅうないけど、栄次郎はまたなんであんな男と仲がええのやろなあ」

いつか宗琳が愚痴っていた。

「おまえさま、ちょうどようございました。この鯛を焼きあげ次第、一乗寺村にお届けしようと思いますけど、いかがでございましょう」

栄次郎の実家に持っていくため、以茶は自分の手で鯛を塩焼きにしていたのであった。

「おまえがやることどす。わたしはかましまへん。気をつけて行ってきなはれ」

栄次郎は幾分、表情をこわばらせてつぶやいたが、一言もすまぬ、ありがたいとはいわなかった。

以茶も宗琳も、かれの実家にはなにかと気を配っている。

両親（ふたおや）の弥兵衛とお条（くめ）は達者であり、義兄の弥市は妻お満（みつ）との間に、一男一女をもうけていた。

以茶のこれは栄次郎の立場を考えての行為であり、祝言をあげてから、彼女は嫁としての心遣いを怠らなかった。

だが栄次郎は、いつの場合もいい顔をしない。公家領の百姓とはいえ、貧しい実家のありさまを、妻の以茶にまざまざと見られたくなかったのである。

「お店さま、それはそれは。ようお気がおつきやして。この島蔵もあやかりとうおすわ」

島蔵は剽軽（ひょうきん）にいい、先に店棟へ身をひるがえした栄次郎につづき、ではと挨拶をのこし背をむけた。

「こんなんでどうどっしゃろ」

おひさが両手で金串をもちあげ、視線をもどした以茶にたずねかけた。

以茶の胸の中に、島蔵の顔が不快な印象のまま揺曳（ようえい）し、父の言葉が改めてよみがえってきた。

「おひさ、それでよろし。すぐ一乗寺村に出かけますさかい、ばあやにいうてきてくんなはれ」

栄次郎の実家を訪れるとき、以茶は店の奉公人には供をゆるさなかった。栄次郎を軽んじる者があらわれてはとの配慮からで、お供はいつも老女のお民にいいつけた。

おひさが焼きたての鯛を竹籠に入れ、風呂敷につつんでいるうちに、以茶とお民は手早く着物を着替えた。

大鯛の包みはお民が持ち、塗師屋町の表にでた以茶の手には、自分で縫った着物二枚をおさめた風呂敷がかかえられていた。

栄次郎の両親に持参する品で、彼女は一乗寺村を訪れるたび、手土産を欠かさない。ありふれた百姓家の床の間に、高価な大内人形が置かれているのもそれだった。

「ばあや、年寄りのおまえを遠くまで歩かせて、堪忍え」

塗師屋町を二条まで上り、東にまがる所までできて、以茶がお民に声をかけた。

一乗寺村には、二条寺町筋を上にたどり、今出川通りから伏見宮下屋敷の高塀脇をぬける。そして鴨川の流れ橋を渡り、北白川村を通っていく。鴨川を渡れば、正面に東山の連嶺と百万遍知恩寺の伽藍が見え、あとは田畑ばかりであった。

「お嬢さま、なにをおいいやすのやな。お亡くなりやしたお店さまに十七でお仕えしてから三十七年、もったいないことに、大旦那さまに老女分としていただいてますけど、足腰の強さでは、お民はまだ店の誰にも負けしまへんえ。だいぶ風が冷とうおすけど、ちょっとした物見遊山どすがな。せやけど、お嬢さまは気苦労が多うおすなあ――」

彼女はそのあとの言葉を濁した。

以茶と千寿の姉妹を幼時から育ててきたお民は、二十二歳のときに、鎰屋に出入りしていた荷売りの小間物屋に望まれて嫁いだ。しかし二年後、夫に死なれて寡婦となり、再び鎰屋にもどってきた。

西本願寺に近い花屋町で、籠屋を営んでいた実兄の許で養育された息子の幹太も、いまでは一人前の職人。西錦小路の亀薬師裏の長屋を仕事場として、女房のお鶴と貧しいながら楽しくやっている。

それだけに、大店の娘として生れながら、以茶が万事うまくやっていくため、夫として迎えた栄次郎の実家にまであれこれ気をつかっているのが、お民には不憫でならなかった。

長年、鎰屋で奥働きをしてきたお民には、店の男衆たちの性癖がよくわかっていた。

鎰屋の入婿として手代の栄次郎に白羽の矢が立てられたとき、彼女は栄次郎どんだけはおやめやすと宗琳に懇願したかった。

どこがどう悪いと問われたら、言葉に窮する。だがかれのひどい物惜しみと身勝手さ、人に対する冷たい気性が、はっきり彼女の目には見えていたのだ。しかし奉公人の遠慮から、きかれもしないのに宗琳に訴えられなかった。

お民は心のなかで以茶に詫びながら、栄次郎のことを〈面かくし〉と呼んでいる。以茶と栄次郎が祝言を挙げて約一年半。いまはまだ表立って揉めごとはないが、そのうちにきっと嫌な出来事が起こるだろう。

お民の「せやけど」の短い言葉には、そんな危惧の思いがこもっていた。

旧暦九月も半ばをすぎ、二人の目前に連なる東山の峰々や、〈大〉の文字をみせる如意ヶ岳、一乗寺村の北にそびえる比叡山も、すっかり紅葉の色を失い、冬の間近さをうかがわせた。

「ばあやにはうちの気苦労が見えてますのか――」

しばらく黙ったまま歩いていた以茶が、突然、足をゆるめ、彼女に問いかけた。

「余分な口きいて、お嬢さま、すんまへん。どうぞ堪忍しとくれやす」

「許すも許さないもありまへん。ばあやにうちの気苦労が見えるんやったら、気をつけなあかんと思うただけどす。それよか一乗寺村に着いたら、そのお嬢さまいうのだけはやめとくれやす」

「へえ、すんまへん」

そのあと二人は志賀越道に入り、北白川村を通りすぎ、野道を黙々と北に歩いた。

右は山々、漢学者石川丈山が隠棲していた詩仙堂の建物が、紅葉をふるい落とした前方の木々の間からわずかにのぞいた。

途中で野道を右にまがる。

昼食をすませ、近くの集落から鍬や鋤をかつぎ再び田畑にでてきた百姓たちが、主従二人の姿を道脇によけたり、田畑のなかにたたずみ、物珍しげな表情で見守っていた。

かれらと視線が合うたび、以茶もお民も慇懃に目礼を送った。

——あの女子衆は、金福寺脇の弥兵衛はんとこの嫁やわな。あそこに京の紙屋へ奉公に行きよった息子の栄次郎がいてたやろ。その栄次郎が、果報にも紙屋の婿養子になり、同家の娘と夫婦になったのやがな。その娘があの女子や。大店の娘が婿養子の親許へちょいちょい挨拶にくる。いったいなんのつもりなんやろ。

近くに寄らないでも、かれらがささやき合う姿を眺めれば、羨望と不審をふくんだ言葉がかすかにきこえてくる。

ていた。

栄次郎の親許は、一乗寺下り松の南、金福寺のすぐそばに、萱葺きの小さな屋根を置いていた。

真偽は不明だが、慶長九年、宮本武蔵はこの一乗寺下り松で、吉岡又七郎とその門弟との決闘にのぞんだ。一乗寺は平安時代中期、天台宗園城寺派の別院として同所に営まれた。しかし延暦寺衆徒の焼打ちや兵火で焼失し、村名の由来だけを残している。

金福寺は一乗寺よりさらに古い創建だが、長らく荒廃していたものを、江戸時代の初め、松尾芭蕉と風雅の交わりを結んだという臨済僧舟和によって再興され、いまはまわりをふくめ桜の名所となっていた。

宗琳から栄次郎を婿にといわれたとき、以茶は一時期、俳諧の師と仰いだ与謝蕪村が、俳人結社「写経社会」の句会を、たびたび金福寺で催していたことを思い出した。また娘くのの離婚をきいてほどない今年の九月、蕪村が同寺境内の山腹に、芭蕉の碑を完成させたことも耳にしていた。

自分の性に合っているのではないかと考えていた俳諧から、彼女が遠ざかったのは、母の千代が病床についたのと、俳諧が連衆からなる「座」の文芸で、やはり老若さまざまな男たちと顔を合わせなければならないからであった。

貞享元年、井原西鶴は『古今俳諧女歌仙』を編んだ。また安永三年、与謝蕪村が編んだ『玉藻集』には、古今の女流俳人百三十余人の作品が収録されていたが、蕪村門に入って日が浅く、さらには若年の以茶の詠は、もちろん一句もおさめられなかった。

石段が金福寺の小さな山門へとのびている。

　人魂に似たる哀しき蛍かな
　すすき野や月をかすめる雁の数

以茶は当時自分が詠じた句を、胸のなかでつぶやいた。

すると思いがけなく、栄次郎の親許を訪れる自分の姿にふと憐憫がわいてきた。

「お店さま、こちらさまどすえ」

お民の声が彼女の足を止めさせた。

母屋の前を広くとり、右手に納屋を置き、きれいに盆栽をならべた百姓家が、目の前にみられた。

栄次郎の家族が家にいる時刻を見計らい、急いできただけあり、納屋の戸が開き、両親と兄嫁のお満が、表に止めた大八車に藁束を積みあげていた。

三人とも筒袖に脛巾姿、草履ばきだった。

「ごめんくださりませ。以茶でございます。ご機嫌をうかがいに参じさせていただきました」

彼女はびっくりした表情で自分たちを見つめる両親と、納屋から顔だけをのぞかせた義兄の弥市に、深々と頭を下げた。

「なんや、誰かと思うたら栄次郎の嫁はんかいな」

「町から遠いこんなところへ、今日はまたなんどすのやな」

頭に手拭いをかぶった姑お粂の言葉を奪い、弥兵衛がおだやかな物言いでたずねた。

「はい、昵懇から進物として鯛を頂戴いたしましたさかい、塩焼きにして持参いたしました」

「おお、そうか、そうか。それはお世話さまやなあ。大儀なこっちゃ。ばあやさんもお元気なことで。まあ母屋の縁にでもかけとくれやす」

弥兵衛は相好をくずし、二人を母屋の縁先に案内した。

兄嫁のお満が、頭の手拭いをぬぎ、母屋のなかに急いだ。

「いいえ、すぐおいとまいたしますさかい、なにもかまわんとくれやす」

「そんなんわかってますけど、ちょっとぐらい坐ってくれてもええやろ」

お粂の物言いは、どこかに針をふくんでいた。

そばに立つお民には、大店の娘として贅沢三昧（ざんまい）に育った娘が、百姓家の縁などには坐れまいと皮肉るほどのひびきが感じ取れた。

以茶は母屋の縁側に近づいた弥兵衛とお粂の二人に、焼鯛の包みをお民にどうぞと差し出させた。

「鯛の塩焼きとは大馳走（ごっそう）やがな。以茶はんには、いつもいつも気をつかわせてすまんこっちゃ。ほんまに栄次郎の奴は果報者やわ。以茶はんに苦労かけんと、商いに精出してますやろなあ」

弥兵衛はお粂が、お民から風呂敷包みを受けとるのを横に眺め、さあと以茶を縁側に腰かけさせた。

「おじいさん、わざわざ嫁はんにきかんかて、栄次郎がお店でしっかりやってるぐらい、わかってますがな。そんなん余分な心配やわいな。なあ兄（あに）さん」

お粂は弥兵衛につづき、むっつりした顔で縁側に腰を下ろした弥市に、ふと狼狽して同調をもとめた。

栄次郎が二十歳をすぎたころ、店に隠れて手慰みをおぼえ、賭場に二両の借金をつくり、泣きついてきた事件を思いだしたからであった。

「うん、あれも真面目にやっとるやろ」

「そんならええけど、なんせ鎰屋はんの暖簾に傷でもつけたら、大恩に背くさかいなあ。しっかりやってもらわなどもならん」

苦虫をかみつぶしたような顔でいう弥市を背にして、弥兵衛が独り言をもらした。

「寒いこんなところでなんどすさかい、汚くしてますけど、座敷にあがっとくれやす」

縁側障子が開けられ、お満が両手をついてすすめた。

彼女がいそいで母屋に駆けこんだのは、座敷を片付けるためだった。

「寒いうたかてこのお日和(ひより)や。日向(ひなた)のここでええやないか。それよりお茶でも出しなはれ」

「へえ——」

お満は姑のぞんざいな口調に応えて身体をまげ、お盆を引きよせた。

「おおきに、お義姉(ねえ)さん。これいい生地(きじ)やおへんけど、うちが縫うた袷(あわせ)どす。お父さんとお母さんに着てもろうておくれやす」

以茶は兄嫁に礼をいい、膝にのせていた風呂敷包みを解き、二枚の着物を取りだした。

「いやあ結構なもんをなあ」

お粂が焼鯛の包みを弥市の脇に置き、広げられた着物をのぞきこんだ。

「こないにいつも気をつこうてもろてからに」

「ちょっと派手どっしゃろか」

弥兵衛の上機嫌にふれ、以茶は気持をふとなごませた。

「いんや、ちょっとも派手やない。さすがに以茶はんのお見立てやわいな」

「せやけどおじいさん、こんな上等のお着物（べべ）をきて、百姓のわしらがどこへ出かけますねん。どうせ兄（あに）さんの背丈には合いまへんやろし、縫い直さなあきまへんなあ」

お粂が意地悪く、はっきり不足をいってのけた。ほぼ一人前になり、これからいくらかでも家に稼ぎを入れてくれるはずの栄次郎を、大店の鎰屋へ養子に取られた。それなりの見返りを性急に期待していた彼女は、鎰屋宗琳や以茶の悠長さが我慢できなかったのである。

「ばあさん、なにをいうてんのやな」

「ああそうやった。わしは柿を日向に干すのを忘れていたわいな」

弥兵衛に短く咎められ、お粂はとぼけた口調でいい、両手を背腰に組み、母屋の裏に消えていった。

縁側の脇に立ったまま、みんなのやりとりを見守っていたお民は、その背に行儀よく目礼したが、不快は以茶と同じであった。

「お出かけのところお手間をとらせ、すんまへんどした。ではこれでおいとまいたします」

以茶は固い微笑をうかべ、弥兵衛たちに辞去を告げた。

「そうか。せっかく遠いところを来てくれたいうのに、ゆっくりもしてもらわんと」

義兄の弥市はまだおし黙って坐っている。

「いいえ、結構でございます」

胸の奥からせりあがってくる不快をこらえ、以茶は弥兵衛に一礼し、お民をせかした。

母屋から離れ、納屋からも遠ざかる。

金福寺に通じる道にでてから、以茶は顔の微笑を急にひそめた。

お民がふくれっ面でついてくる。

「お以茶さま、待っとくれやす」

このとき二人の後を、兄嫁のお満が小走りで追ってきた。

お民につづき、以茶も立ち止った。

息を弾ませ、やがてお満が二人に追いついてきた。

「うちが鈍やさかい、気を悪うさせてしまいすんまへん。どうぞ堪忍してくんなはれ」

うっと短い嗚咽をもらし、お満が手につかんでいた手拭いで顔をおおった。

「なにをおいいやすのや。お義姉さんに詫びてもらうわけなんか、なんにもあらしまへん。どうぞ気をつかわんとくれやす」

お満はやはり公家領や寺社領の多い浄土寺村の百姓娘。知恩院領から嫁いできた。

三人の女がたたずむそばで、茶の花が白く咲いていた。

三

昨夜も下京で半鐘が鳴った。

寒くなるにしたがい、火事が多くなる。

「火の元に気をつけないけまへんえ。それだけはお願いしますわなあ」

以茶はお民や女中頭のお房だけでなく、大番頭の清左衛門にも火の用心をいい、自分でも床につく前、必ず店棟と台所、さらには奥のおもだつ部屋を確かめてまわった。

鎰屋が扱う品は紙、火を出したら一挙に燃えあがる。二つの紙蔵には、特に注意をくばらせた。

「お店さま、昨夜の火事は松原通りの諏訪町やったそうどすわ。北風にあおられ、十数軒が焼けたいいますえ」

台所の板敷きでお民が塗り椀を空拭きしながら、以茶に伝えた。

鎰屋には源三や新助たち手代のほか、丁稚が五人住みこんでいる。一日三食、大世帯の台所は大忙しになり、跡片付けも大変であった。

「やっぱしなあ。ひどい火の手どしたわ」

お房が、ひと廻り年上になるお民に目をむけ、洗い場から口をはさんだ。

「北風がきつうおしたやろ。そやさかい、東本願寺はんでは寺内町から人をかり集め、ご本堂の大屋根に登らせ、飛び火を防がはったそうどす。そのうえ諏訪町や錺屋町の町屋にまで人数をくり出させ、火の手に備えたときましたえ」

「そらそうやわなあ。ご本堂やお祖師さまを祀った御影堂が、焼けでもしたら大変やさかい」

「松原の諏訪町いうたら、つい五、六日前にも火を出したんとちがいますか」

お民がお房の背にたずねかけた。

下働きのおひさは釣瓶で井戸水をくみ、かたわらで十七になるお妙が、たわしで鍋の底をしきりに磨いている。

「そうどすえ。あの火事では長屋が一棟焼け、かわいそうにお年寄りと小さな子供が逃げ遅れ、二人とも死なはったいいますがな」

「二人もなあ。そないに火の手の廻るのが早かったんやろか」

「とにかく、ばあやもお房はんたちも、火だけには用心しとくれやす。火を預るのは女子のつとめどすさかい」

以茶は昨夜のつかれが、五体にまだ重く残っているのを不快に思いつつ、布巾をもちお民の手伝いにかかった。

鎰屋の女たちは、台所の用をすませると、家内の掃除をするかたわら、店の仕事も手伝う。千寿は店の丁稚を交互に連れ、連日、茶湯や活け花の稽古、芝居見物にと外出が多かった。

「お店さま、うちがしますさかい」

「うちになら、気をつかわんでもええ」

以茶は顔色をぽっと赤らめ、小声でお民を制した。

どうやらお民は、閨でみせる栄次郎の執拗さに気付いているようすだ。上目遣いに以茶を眺め、塗り椀をくるっとまわした。

かれの執拗さにも馴れなくてはならない。そうすれば、苦痛をおぼえなくてもすむとわかってはいたが、以茶は栄次郎の身体になかなか馴染めなかった。

相手をいたわる気持がかれに少しでもあれば、それを縁にして夜を愉しみとしていけるだろうにと感じるときがあっても、やみくもに自分の欲望だけをとげ、背をむけられると、甘えたい気分が急に消え、栄次郎に対するおぞましさだけがあとに残った。

朝になれば、それでも以茶は平静を装う。

当初から自分の態度や顔をひそかにうかがう父親や奉公人たちの手前からである。

「お店さま、船屋町からお人がきてはりますけど、どないしまひょ」

店棟から徳松が、以茶に来客を告げてきたのは、台所の跡片付けをあらかた終えた時分だった。

「桶屋の仁吉はんどす」

「仁吉はん、そやったら奥に入ってもらいなはれ」

以茶には、仁吉の来意がすぐにわかった。

彼女の管理にまかされている船屋町の六軒は、路地奥の棟割り長屋だが、表に木戸門が構えられている。

木戸門をくぐった右側に、板屋根でおおった井戸があり、桶屋の仁吉はそのとっつきに古くから住んでいた。

そのため自然に借家人の惣中（代表）をまかされ、家主との掛け合いはすべてかれの役目とされてきた。

かれが鎰屋を訪れたのは、表の木戸門と空家に貼った〈貸家札〉をみて、誰かが入居をもうし入れてきたのだろう。

そんな世話をかれに頼んでいた。

「ごめんやっしゃ、寒うなりましたなあ」

仁吉は店棟から小腰を折ったまま庭を通りぬけ、中暖簾をはねあげ、奥に入ってきた。

年は五十すぎ、住居の表を仕事場にしていた。

「大旦那さまも若旦那さまもお達者でようございますなあ」

帳場に坐る父と夫の栄次郎に、挨拶をすませてきたとみえ、仁吉は手拭いを両手でにぎり、以茶に愛想をのべた。

「仁吉はん、いつもお世話をかけてすんまへんなあ。まあそこに坐っとくれやす」

以茶はお民にお茶をお出しなはれと目で合図を送り、かれを台所の床にまねいた。

「じじむさいもんが、こんな綺麗なところにもったいのうおすがな」

仁吉はぶつくさつぶやき、やっと腰を下ろした。

「仁吉はん、家を借りたいお人がおいでどしたんか」

お民が用意してくれた湯吞みを、仁吉の膝許に盆ごとすすめ、以茶がたずねた。

湯気のたつ湯吞みには、小皿にのせ、柴漬けがそえられていた。

「へえ、そうどすねん」

「それで、どないなお人どす」

以茶に代り、お民がうながした。

「へえ、それがお武家はん、しかもご浪人はんどすねんやわ」

ちょっと困った色をうかべ、仁吉がおずおずと答えた。

京都は朝廷のお膝元、特殊な都市だけに、御所侍や公家侍、江戸幕府の出先機関の所司代、町奉行所、二条定番（じょうばん）などのほか、各藩京屋敷詰めの藩士をのぞき、ほとんど一般武士の定住が許されなかった。また各町内も揉（も）めごとをきらい、「町内不同心」として、かれらの居住を多く認めなかった。特に主人を持たない浪人は忌避された。

「お武家さま、しかも浪人はんどしたら、仕方がおへんなあ」

以茶は家借り（やが）が駄目と承知で、仁吉がどうして店にきたかを、不審に思いながらつぶやいた。

「せやけど、そこのところどすねん。大森左内さまいわはるそのご浪人はんは、所司代さまと町奉行所の書き付けを持ってはりますねんやわ。加判のあるもんをどすがな」

「ど、どうしてどす。わけをいいなはれ」

お民がまたせかしつけた。

「五、六日前、下京の諏訪町で大きな火事がおましたのをご存知どっしゃろ。裏長屋が一棟まるごと焼け、二人の死人を出した火事どすわ。ご浪人はんは、生れたときからその長屋にお住みどしたさかい、所司代さまも町奉行所も、加判のある書き付けを出さはりましたんやろ。そやさかい、こうしておうかがいに参上した次第どす」

「生れたときから諏訪町にお住いとは、ばあや、なにか事情をおもちのご浪人はんみたいどすなあ」

　書き付けに所司代と町奉行所二つの加判があれば、それは最高の行政機関が、かれの身許を保証しているのと同じだ。逆に貸家を断るには相当の理由がいる。

　船屋町の町年寄や組役に相談しても、それは同意見にきまっていた。

「お店さま、どないしはります」

　お民の顔は、なんとなく父宗琳や夫の栄次郎にたずねてみたらといっている。

　だが二人に話しても、困惑は自分たちと同様であろう。

　貸家の差配と店の截(た)ちおとしの紙は、祖母の代から鎰屋の女主人にまかされてきた。これは主が家運を傾けた場合に備えたものだが、自分が判断できなければ、宗琳の一声で栄次郎の介入が許されないともかぎらなかった。

「ばあや、そんなこと誰に相談したかてどうにもなりまへんえ。それより仁吉はん、そのご浪人さまはどないなお人どす」

　以茶は素早く頭の中で一つの結論をつけ、箸(はし)を小皿にもどした仁吉に問いかけた。

「へえ、肝心なのはそこどすがな。ようおたずねくだはりました。わしみたいな者の目でなんどすけど、姿形は別にして、それはすがすがしいご浪人はんどすわ。歳は二十七、お袋はんと二十すぎの妹はんがいてはるいうてはりました」

長年、実直な職人として暮してきた仁吉が、相手に一目惚れしているのがはっきりわかるほど、その声は弾んでいた。

「それで生業の方はどうされてはりますのや」

以茶が次第に借家をゆるす気になりかけているのが、お民には察せられた。

「三条両替町の扇商藤屋から仕事をもらい、ずっと扇絵を描いてお暮しやそうどす。まあゆうたら失礼どすけど、わしと同じ職人、描絵の職人はんやとお思いやしたらよろしゅうおすわ」

かれの目の輝きは、大森左内に家を貸してやれと以茶にすすめていた。

「仁吉はんがいわはるのはようわかりました。そやけど、うちの一存では決められしまへんえ。船屋町のお年寄におうかがいし、ご当人にも会うてみななりまへんなあ」

「お店さまが得心してくれやしたら、船屋町の年寄衆にご相談をかけてあげとくれやす。焼け出されたあと、なんでも近くのお寺に仮り住いして、窮屈にしておいやすそうどすねん」

「仁吉はんは、こちらの返事をどう伝えたらええのか、それもきいてはりますのか」

女主人とはいえ、まだ二十歳の以茶と、お人好しの仁吉に委せておけない気持になり、お民が口をはさんだ。

「はいな。そやけどそれどしたら手ぬかりはおまへん。一応、おたずねだけはしておきますさかい、八つ半（午後三時）ごろにでも、またおいでやすと答えておきましたさかい」

仁吉は以茶の変化がよほどうれしいのか、笑顔でいい、上機嫌で帰っていった。

その日、以茶は船屋町の町年寄、瀬戸物屋を営む桂屋門左衛門と、町内の会所（集会所）でまず会い、大森左内について仁吉からきかされた話をのべ、かれと左内の到着を待ちかまえた。

「所司代さまや町奉行所が加判しはった書き付けをお持ちどしたら、それは請人（保証人）と同じどすがな。どないなご浪人はんかわからしまへんけど、会うてみた次第では、別に請人を立ててもらい、家を貸さな仕方がおへんやろなあ」

所司代と町奉行所が大森左内に請書を出しているのは、京都では浪人の居住が厳しく制限されているため、類焼で家を焼かれたことを証明し、合わせて救済の処置であった。

「それにしても、大森左内はんは京生れの京育ち、どうして浪人してはるんどっしゃろ」

桂屋門左衛門と以茶の疑問は、左内に会ってすぐ解け、十分に納得ができた。

「それがし大森左内でございまする。このたび、鎰屋さまご所持の長屋をお借りいたしたく、仁吉どのにもご足労をおかけもうし、かように参上つかまつりました」

かれは仁吉に案内され、会所にあらわれると、土間でかるく目礼した。そして板間に正座して手をつき、挨拶をのべた。

髪は髷ではなく、後ろで束ねている。

柿色の袷小袖に黒袴、二つとも幾度も水をくぐった品だが、小袖の襟からのぞく下着も清潔であった。好男子ではないものの、精悍な顔がゆるむと、おだやかな品位と滋味が匂い出る。それがなによりいい印象を、以茶と門左衛門にあたえた。

二人が名乗ったあと、左内は懐から所司代と町奉行所が、連署のうえ加判した請書を差し出した。

当時の京都所司代は久世出雲守広明。月番として名を記しているのは、東町奉行の赤井越前守忠昌（晶）であった。

「確かに拝見いたし、借家のもうし入れになんの不都合もおまへんけど、これとは別に請人を立ててもらえまっしゃろなあ。それにもう一つ、大森左内さまはどこで主取りをされていたのか、きかせていただけまへんやろか」

門左衛門は一言二言、以茶と小声で話し合ったうえ、左内にたずねた。

「請人はもとの長屋の家主が、引きうけるとのもうし出をいただいております。あとのご質問には、どうしてもお答えいたさねばなりませぬか」

「たってとはいいまへんけど、長屋のお人たちかて、それをききたがるのではおまへんやろか」

「隠し事がないほうが、なにごともうまくいきますわなあ」

門左衛門が以茶の言葉に口を添えた。

「さようにもうされれば、今更、強いて隠しだてすることでもございますまい。お言葉にしたがいまする」

左内は一瞬、瞑目したうえ、あっさり身許を明かした。

かれの父は庄大夫といい、もとは美濃大垣藩士。若いころから富小路二条下ルの京屋敷に詰め、書役を勤めていた。延享四年三月、六代大垣藩主戸田氏英が、藩財政窮乏を理由に家中改革を行ない、同時に家臣百七十七人に暇をあたえた。このとき、妻を娶って間もない庄大夫も禄を失い、そのまま京都に住みついたのである。

四年後の宝暦元年春、左内は焼け失せた諏訪町の長屋で産ぶ声をあげた。

「永(なが)の御暇(おいとま)をいただいたが、そのおり、藩家の財政が幾分なりともとに復せば必ず呼びかえすと、お留守居役さまがもうされた。わしはその日がやがて必ずやってくるものと、いまでも信じておる。そなたも旧主に呼びもどされたとき、赤恥をかかぬよう、文武二つの道を怠るではないぞよ」

それを口癖にしていた庄大夫は、左内が十五歳の秋、数日病んだだけで他界した。

いまから十二年前のことになる。

「旧主の許に帰参がかなうなど、金輪際ござるまいに、父は実直一途、いまにして思えばかわいそうなお人でございました。しかし人の一生など、貴賤(きせん)どちらにいたせ、仏の眼から眺めれば、所詮(しょせん)、はかないものでございましょう。生れ生れ生れ生れて生(せい)の始めに暗く、死に死に死に死んで死の終りに冥(くら)しと、弘法大師は仰せられておりまする」

左内は寂しそうな微笑を精悍な顔にふとうかべ、小さくつぶやいた。

この京には、多くの人々が実にさまざまな思いを抱いて暮している。自分もその一人にちがいないが、以茶はかれの最後につぶやいた言葉がひどく胸に沁みた。

左内がつぶやいた言葉は、弘法大師が五十七歳のとき著わした『秘蔵宝鑰』の一節であった。

「いい辛いことを、よく打ち明けてくださいました。これから長屋におともないいたしますほどに、大工や左官のご用がございましたら、どうぞご遠慮なくもうしつけておくれやす」

以茶は左内の目をじっと見つめていった。

第二章　商家の女事

一

色紙や短冊を納めた挟み箱を、大風呂敷に包ませる。

「仕度ができたら行こか――」

手代の新助が丁稚の卯之吉をうながした。

「へえ、すぐしますさかい、ちょっと待っとくれやす」

丁稚といっても、卯之吉は徳松より少し年上、十三歳になる。かれは新助の顔を仰ぎ、包みのなかほどを紐でしばった。

店の表を下働きのおひさが掃いている。

冷たい風が鎰屋（かぎや）の白暖簾（しろのれん）をゆすり、安永七年の春は、まだ寒さがきびしかった。

新助は前掛けを両手ではたき、帳場で真新しい帳面の上書きをしている栄次郎の前に膝（ひざ）をついた。

その横では、大番頭の清左衛門が、大福帳をめくり、数字を目で追っていた。

二人が坐る帳場の後ろには、こうした和帳がびっしり吊り下げられている。大福帳は和帳の一つ、紙を折りかさね、その上下に厚い表紙をあて、麻糸で綴（と）じ合わせてつくる。長帳、大和帳、簿記帳の三種があり、長帳が大福帳、一般には元帳を指した。

ここには得意先別に、貸売りの日付、品名、数量、金額がびっしり書きこまれ、壁や柱に掛けるため、麻をよじったさげ手がつけられていた。

「若旦那さまに大番頭はん、それではこれから出かけてまいります」

新助は両手をついて栄次郎にいい、つぎに目を清左衛門にむけた。

「今日はどこへ行かせますのえ」

筆をもつ手を止め、栄次郎が清左衛門にたずねた。

「はい、新助には寺町御門内のお屋敷廻りをいいつけましたけど、それがなにか――」

「ああそうか。それはまだ寒いのにご苦労なこっちゃ。風邪ひかんように暖こうして、気をつけて行きなはれ。卯之吉は判取帳をちゃんと腰につけたやろうなあ」

栄次郎は、大風呂敷を背中に負い、土間の草履をひろった卯之吉にも言葉をかけた。

「へえ、手抜かりはしてしまへん」

帳場にむかい、卯之吉がぴょこんと辞儀をしてみせた。

判取帳は商品を納めたおり、相手先から花押(かおう)や受印をもらうための帳面である。

鎰屋は各種の用紙や素紙(すがみ)だけでなく、こうした和帳などもかかえの職人に製本させ、店売りしていた。和帳の厚いものでは、十七山、十九山も綴じ合わせた清長大和帳があり、厚さが六寸余りにもなった。こんな和帳の截(た)ちおとし紙が、女主の差配にゆだねられていたのだ。

京では新年の初めての寅(とら)の日、鞍馬寺の毘沙門天(びしゃもんてん)などにお参りして、商売繁盛を祈願し、合わせて大福帳を新しくするのを、習慣にする商家が多かった。

それにそなえ鎰屋では、毎年十二月十三日の〈事初め〉の日、店の表に「初寅一月某日、二の寅一月某日」と書いた引き札（貼り紙）を出し、新年から用いる大福帳の注文をとる。

また代々の当主たちは、帳場に立派な硯(すずり)を置き、客から求められれば、それらの大福帳のうわ書きも引きうけていた。

これとは別に、四国霊場をめぐる人が、番外第一番の東寺に詣でたあと、その足で鎰屋の特製する納経帳を買いに訪れる。そのおりには、納経帳に〈奉納経四国八十八所霊場順（巡）拝〉と大きく記し、年号をそえ、裏面に巡礼者の住所と名前を書いてやる。一人で巡る人には、同行二人と書きそえた。一人は行者自身、もう一人は当人に影身としてよりそう弘法大師だった。

帳場に坐る栄次郎は、宗琳に代り、いまその納経帳のうわ書きを記しているのである。

「ほな行って参じます」

新助は土間におりてから、また帳場にむかって頭を下げ、卯之吉をしたがえ、暖簾を外にくぐった。

「気をつけてお出かけやす」

出格子窓の下を掃いていたおひさが、二人に気付いて辞儀をし、塗師屋町筋を上に歩いていく新助たちを見送った。

町屋の屋根の上に、仙洞御所の木立ちがのぞき、さらに北には、禁裏の叢林がみえていた。

寺町御門内のお屋敷廻りとは、御所の寺町門を入った地域に建ちならぶ公家屋敷を訪問する意味。公家たちの注文は多く、鎰屋には名誉ともなり、かれらは上得意先であった。

「なにが寒いのにご苦労なこっちゃや。気色の悪い猫なで声を出しおってからに。ほんまにけったくその悪い奴ちゃ。風邪ひかんように暖こうして行きなはれやてさ。心にもないことを、まあべらべらとよういいくさるもんやわいな」

新助は店から遠ざかり、押小路通りあたりまできたとき、舌打ちして小声でつぶやいた。

「手代はん、若旦那はんの猫なで声は、ほんまに気色悪おすなあ」

徳松とちがい、小賢しいところのある卯之吉が、新助にへつらった。

「おまえにそんなことわかるのかいな」

「へえ、大旦那さまが風邪をこじらせお寝つきやしてから、若旦那はんの物腰がすっかり変りましたさかい。なんや、うちらにまでやさしい言葉遣いをしはりますえ」

「そこがあいつの嫌味なとこやがな。大旦那さまがこのまま長く寝ついてしまい、死なはった方が、都合がええとでも思うてるんとちがうか」

相手がまだ子供だとわかりながら、新助は毒づいた。

栄次郎は自分より一つ年下、鎰屋への奉公は同時期になる。真面目で気働きができ、よく動く奴だと日頃から感心してきたが、まさか主の宗琳がそのかれに白羽の矢を立て、娘以茶の婿にすえようとは考えてもいなかった。

主の宗琳と大番頭の清左衛門から、大事を告げられた日のことが、鮮明によみがえってくる。

「栄次郎はご奉公にあがって間もないころから、そこのところに目をつけていたんやわな。なんであんなに糞真面目（くそまじめ）で、わしらが女郎屋にたびたび誘うても連れにならなんだか、いまになり得心できたわいな」

「深慮遠謀、仕上げをごろうじろちゅうやっちゃな。わしらは栄次郎に、まんまと油揚げをさらわれた抜け作ゆうこっちゃがな」

「それにしても、旦那さまの考えを読みとり、じっと身を正して棚からぼた餅が転がり落ちてくるのを待っていたとは、執念深い奴ちゃで。どうもあれには油断がならん」

「わしらには到底できへん。まあしょうもないとするかいな」

「せやけど、いままで同じ手代でいたあいつを、若旦那さまと呼ばななならんとは、なんともけったくそが悪ないか」

「ほんならおまえ、尻まくっていまさらお店（たな）から暇取って去（い）ぬるか。それを考えたら、まあしょうがないやろな。まさかと思うてたことが、現に起こってしもうたんや。ここはさっぱりあきらめをつけなあかんのとちがうか。暇取って去んだら、嫉いているみたいに思われて、なおけったくそ悪いやろな」

栄次郎が鎰屋の婿になるときかされたとき、手代仲間の源三と小声でひそひそ交わし合った会話であった。

その栄次郎は以茶と祝言を挙げたあと、新助たちにこれからも前と同じにあんじょうお願いしますと、殊勝に手をついて挨拶した。だがその直後、一同は主の宗琳と大番頭清左衛門に帳場へよばれ、今後、栄次郎とはきっちりけじめをつけて奉公しなあきまへんえと、柔らかい言葉ではっきり釘を刺された。

翌日から栄次郎は無口になり、つぎには他人行儀な口をきくようになった。

少しずつ、もとの朋輩たちとの距離がひらき、あれから二年ほどたったいまでは、全く別世界の人間になっている。

それでも新助たち手代は裏にまわると、当初のころと同じく、かれへの悪態をやめなかった。

今年に入って間もなく、主の宗琳が風邪をひいて寝ついた。回復ははかばかしくなく、それにつれ、栄次郎の物腰がぐっと柔らかくなってきた。店の者に愛想をいい、機嫌をとる。

「あいつ、鎰屋の屋形(やかた)をすっかり手に入れたみたいな調子やんか。あとは大旦那さまにご隠居を願うだけやがな」

かれの態度の変化は、みんなにそんな印象をあたえていた。

「卯之吉、若旦那のことはわたしとおまえの間だけの話やさかいなあ。店の内輪話は人さまにもらしたらあかんのやで」

新助は自分の悪態に少々後ろめたさを感じたのか、急に口調を改め、卯之吉をたしなめた。

「そんなことぐらいわかってますがな。人さまには決していいしまへん」

「せやけどおまえたちはええなあ」

「手代はん、どないしてどす」

「これから大きな望みがあるさかいや」

「それ、いったいなんどす。うちに望みなんか、なんにもあらしまへん。西陣で賃機(ちんばた)を織っている両親(ふたおや)は貧乏で、うちは十年の年季奉公。大旦那さまからいただいた少ない給金も、借金を払って残った分、お父っつぁんが大方、酒を飲んで遣うてしまってますわいな」

「おまえは阿呆(あほ)か。わたしはそんなことというてるのやおまへん。若旦那と同じ運にめぐまれ、鎰屋の主になれるかもしれんというてますのや。そのうちお嬢さまと若旦那の間に、女の赤児(ややこ)が生れたとしなはれ。つぎも女の子、生れてくる赤児がみんな女の子やったら、そんな望みかてありますがな。そやさかい、おまえも真面目にしっかりご奉公せなあかんのえ」

「うまいこといわはってからに。そんなんいうたら、手代はんかてまだまだ望みがございまっせ」

丁稚とはいえ、卯之吉は負けてはいなかった。

「あほくさ、そんなもんありますかいな」

「そうやおへん。鎰屋にはまだ下のお嬢さまがいてはりますやないか」

「いっそうあほくさどすわ。あんな芝居道楽のお嬢さまを嫁にもろうてみなはれ。たとえ身代分(しんだいわ)けをいただいたかて、家の仕置きもせんと出歩かれ、亭主は尻の下に敷かれて苦労せなりまへん。店の表にも奥にもよう気がつき、婿はんを大事に立てて、何事も塩梅ようしはるいまのお店さまと大違いや。わたしは遠慮しまっさあ」

千寿(ちず)の芝居道楽には定評があった。

大坂の竹本座で新しい出し物が上演されるときけば、京からでも出かけていく。京の南座や北座には、外題が変るたびに足を運ぶ。いまもどこで耳にしてきたのか、四月、大坂の中の芝居で嵐七三郎が座元となり、「伽羅先代萩」が上演されると知り、早くも出かけるのを楽しみにしているありさまだった。

「やっぱり、下のお嬢さまではあきまへんか。それにくらべ、お店さまはほんまにできてはりますさかいなあ。この間もうちに、なにか困ったことがあったらうちに相談しなはれやと、こっそりお声をかけてくれはりました」

「あのお人やったら、身代全部でのうて半分だけでもええ。それにしてもあいつは果報な奴ちゃ」

新助はまだあとをつづけたそうにしたが、竹屋町通りから塗師屋町筋にひょいと姿をあらわした人物を一見して、狼狽して口をつぐんだ。

そしてすぐ実直そうな手代顔にもどった。

「これは道安さま、おおきに。ご苦労さまでございます」

かれは有名な町医。茶筅髷を結い軽衫姿、後ろに薬籠を下げた若い下僕がついていた。

毎日、鎰屋へ宗琳の診察にやってくる。

塗師屋町筋に姿をみせたことからうかがえば、これから鎰屋へむかうところなのだろう。

「これは鎰屋の手代はん。まさかわしを迎えにきたわけやありまへんやろなあ」

道安が眉根にしわをよせてたずねた。

「いいえ、そうではおへん。これから寺町御門内のお公家さまのところまで、品物をお届けにまいる途中どすねん」

「ああそうか。それをきいて安心しました。宗琳どのの容体が急に悪うなったのかと、まずは案じましたのじゃ」

「それは悪うおした。堪忍しとくれやす」

「なんのなんの。ところで宗琳どのの工合はどないじゃ。少しぐらい機嫌ようしてはりますか」

「お店さまのご様子からでは、それがあんまりはかばかしくないみたいで——」

新助は身体を道わきによけ、道安に答えた。

江戸時代から昭和の初期ごろまで、町医の身分や収入などはそれほど高くなかった。新助の言葉つきがどこかぞんざいなのは、そのためであった。

「さようか。今年の風邪はしつこいからのう。宗琳どのにはまだまだ生きててもらわなあかん。まだ死ぬ歳でもなし」

かれは新助たちが胸に抱いているのと同じ気持をつぶやき、ではごめんといい、背をひるがえしていった。

二者の距離がしだいに開いていき、新助と卯之吉はやがて丸太町通りに到着し、右に折れた。

道安と下僕の姿が、どんどん鎰屋に近づいた。

——あんまりはかばかしくないか。今年の風邪はほんまにしつこいさかいなあ。

道安は胸のなかで幾度も愚痴をこぼし、鎰屋の白暖簾をはねあげた。

「おいでやす——」

帳場や店のあちこちから、一斉に声がかけられてきた。

「はいはい、道安がまいりました」

「これはこれは道安さま、すぐ奥にご案内しますさかい」

大番頭の清左衛門が帳場から急いで立ちあがってきた。栄次郎は富蔵をつれ、紙蔵に行っている。

「ちょっと先でお店の手代はんに会いましたけど、宗琳どのの工合はまだようないのやてなあ」

道安は清左衛門が土間に下りてくるのを眺めてたずねかけた。

「まあ風邪ちゅうもんはあんなもんどすわ。道安さまのお薬をいただいているかぎり、そのうちきっとなおります」

「病は気からともいうからのう。宗琳どのにも、その気になってもらわなどもならん」

かれは清左衛門の案内にしたがい、土間をすぎ、店棟から通り庭にさしかかった。

「道安さま、きてくれはったんどすか」

通り庭の左に紙蔵がみえている。

上階は虫籠窓、下の一部に、大福帳を作る抱え職人の仕事場が設けられていた。栄次郎の声であった。

「若旦那さま、ご精が出ますなあ」

道安は足を止め、左手に帳面をもった栄次郎に挨拶を送った。

「大番頭はん、お父はんの許へなら、わたしがご案内します。朝のご挨拶をまだすませてまへんさかい」

かれは富蔵に帳面を渡し、せまい庭をまわりこんできた。

「それではよろしゅうお願いします」

清左衛門は紺の前掛けに両手をそろえ、案内を栄次郎にゆずった。

「お店の方をしっかり留守番しててくんなはれ。お父はんが病気にならはってから、店の者の気持がどうもたるんでるようや。お客はんにもっと愛想をいい、きびきびご用をうけたまわってもらわなあきまへん」

店でみんなにみせる顔とちがっていた。

「へえ、わたしの目が行き届きまへんですんまへん」

大番頭の清左衛門は、なぜか栄次郎と二人になると、卑屈な態度で小さくなっていた。

清左衛門がときおり誤魔化していた店の金をまとめ、女を囲ったのは三年前。それをひょんなことから栄次郎に知られた。かれは主の宗琳から婿養子の相談をかけられたとき、その露見を恐れ、保身から結構なお話でございますとうなずいたのである。

小料理屋で働いていたその女に溺れこむまで、実直一筋に働いてきただけが取り得で、大番頭につかされた清左衛門は、もともと小心者。因果をふくませて女と手を切ったいまでも、若旦那となった栄次郎の態度にびくびくしていた。

栄次郎は女について一切、なにもたずねなかった。だが清左衛門の手から、店の勘定事のすべてを取りあげていた。

――あのことさえ見つけられなんだら、大旦那さまから相談をうけたとき、わしかて即座にうなずかんかったやろなあ。

清左衛門はおりにつけ、頭のすみで考える。

かれが女を住まわせた長屋から、人目をうかがい外に出たところを、偶然、通りかかった栄次郎に見られたのだ。しかしかれが鎰屋の婿に納まってみれば、なかなか適任と思えないでもなかった。

一方、栄次郎のほうは、あとになって経緯を知るにつけ、大番頭の清左衛門は、自分に大きな幸運をもたらした福の神とわかってきた。

――まあ女子とは別れたみたいやし、店の銭さえくすねられなんだら、それなりに重宝な奉公人や。わしがなにも改めて引導を渡さんかて、弱味をつかんだまま、あごで使うてやるのも算段やわなあ。

狡賢く計算だかい男だけに、栄次郎は女が長屋を引き払った始末を確かめたうえで、結論づけたのであった。

「大旦那さま、栄次郎でございます。道安さまをご案内いたしました」

かれは長廊(ながろう)をたどり、宗琳の居間の外で膝をつき、部屋のなかに声をかけた。

「おお栄次郎か、入っていただきなはれ」

言葉にしたがい障子戸を開けると、宗琳は羽二重の布団の上に坐り、以茶(いさ)の給仕で遅い朝食をとっていた。

「いつもご面倒をおかけいたします」

以茶が布団のかたわらで低頭した。

「宗琳どの、少しはようなられましたな」

かれの朝食はお民が炊いた粥飯(かゆめし)であった。

白く柔らかな粥飯の上に、小粒の梅干がのっていた。

「ありがとうございます。今朝ほどから洟(はな)や咳(せき)もさほど出んようになり、なんや身体が楽になったみたいどすわ」

「それは結構でございましたがな」

「これも道安さまご調合の妙薬のおかげどっしゃろ」

宗琳は茶碗と箸を以茶にもどし、横に坐った道安に礼をのべた。

「いいえ、とんでもない。それは若旦那さま以茶さまご夫婦の、熱心なご看病の賜(たまもの)とちがいますか。いつもいうてますけど、医者の調合する薬は、病の治癒にほんの少し手助けするだけどすわ。それでは様子をみさせていただきますさかい、ちょっと横になっとくれやすか」

道安は宗琳に指図をあたえ、部屋の気配をうかがった。

大火鉢の鉄瓶が湯気をふいており、外の気温にくらべ、部屋がひどくぬくもっていた。

「すみまへんが、お部屋の空気をちょっと入れ替えたほうがようございますなあ」

かれにいわれ、以茶が気づきまへんどしたと詫びながら立ちあがる。

代りに宗琳のそばに坐った栄次郎が、かれの胸に布団をかけた。

以茶が奥庭に面した障子戸を開けるにしたがい、梅の匂いをふくんだ新鮮な空気が、部屋のなかに流れこんできた。

道安は宗琳の手首をにぎり、脈を数えた。

「若旦那さま、納経帳をお買いもとめのお客さまがおいでどすけど、いかがいたしまひょ」

このとき、中番頭の忠兵衛が、外の長廊からたずねてきた。

鎰屋では納経帳にかぎり、特に主が表書きと裏書きをして客に渡している。宗琳が寝こんでから、栄次郎がその代理をつとめていた。

「おおそうか。ではすぐにまいります」

かれが腰をうかせるのを、立ったままの以茶が制した。

「おまえさまは、お父さまのそばについていておくれやす。納経帳はうちがさせてもろうてきますさかい」

栄次郎が白い目で自分を見上げるのを無視して、以茶は道安に片膝をついて目礼し、障子戸を開いた。

彼女には、夫がどうして自分を白い目でみたかよくわかっていた。

父の宗琳は納経帳を求める客には、合掌して帳面の表と裏を書いたあと、なにがしかの銭をお布施として紙につつみ、渡していた。

だがかれが寝こんでから、栄次郎は全くお布施をつつまなくなっていたのである。

店で待つ男客は六十年配、以茶は微笑をくれて帳場に坐り、忠兵衛に客の住所と名前をうかがわせた。

そして新しい納経帳に手を合わせ、彼女は「奉納経四国八十八所霊場順拝」と筆を揮い、裏面に大工熊吉、山城国京・四条米屋町と書いた。

つぎにわきの銭箱から小粒銀を数枚とり出し、素懐紙につつんだ。

「毎度ご贔屓にあずかり、ありがとうございます。お達者でお四国をまわっておいでなされませ」

以茶は帳場からいそいそと客のそばに近づき、納経帳にお布施をのせて差し出した。

二

梅の花がちり、日毎に春めいてきた。

桶屋の仁吉は金槌で外丸鉋の尻をたたき、刃の工合を改め桶板をけずっていたが、ふと前かがみになり、軒先からわずかにのぞく空を見上げた。

雲行きが昼すぎからしだいに怪しくなり、かれは雨を気にしているのである。

棟割り長屋の家の前や屋根の上に、これからけずる小さな木板が乾してあった。

「ひと雨くるやろか――」

かれは自分の後ろで箍竹をけずる女房のお時にたずねた。

「そんなんきかれたかて、うちにもわからしまへん。降ると思ったら、材料を取り入れはったらよろしゅうおすがな」

彼女はにべもない声で答えた。

「おまえはほんまに味もそっけもない奴ちゃなあ。ちょっとぐらい色気のある返事ができへんのか」

仁吉は冗談めかしていい、項をまわした。

「お天気のことなんか、そうとしかいえしまへんやろ。色気のないのはお互いさまどすがな。安造もおまさも十三と四、もう二人とも一人前どっせ」

一男一女の安造は四条高倉の呉服屋、おまさは堺町高辻の醤油問屋へ、それぞれ奉公に出ていた。

「ほんまにそうや。盆と正月だけが楽しみになってしもうたんやなあ」

狭い京に住んでいても、奉公に出ているかぎり、勝手に家にはもどれない。二人の藪入りだけが夫婦の楽しみであった。

仁吉は肩をがくっと落としてつぶやいた。

「おまえさん、念のために片付けはった方がええのとちがいますか」

「おまえがそういうのやったら、やっぱり片付けよか。ひと雨、ざっとやられたら骨折り損やさかいなあ」

仁吉は立ちあがりながら、前掛けについた鉋屑（かんなくず）を手で払い、小さな土間に下り草履をつっかけた。

長屋の横にまわり、梯子（はしご）をかついでくる。

それを軒先に立てかけ、上に登った。

「もう歳やさかい、気をつけなはれや」

あとにつづいて表に出てきたお時が、屋根の木板に手をのばす仁吉に呼びかけた。

「そんなことわかったるわい」

かれは摑（つか）みとった木板を、一枚一枚下で待ち構えるお時に手渡しながら答えた。

梯子を移し、つぎからつぎに木板を家のなかに取りこんだ。

あらかた片付けたとき、棟つづきになる大森左内の家の板戸が、がたがたと開けられた。

「どうもお邪魔をいたしました。ほんならご相談の件は、ゆっくりでよろしいさかい、工合よう考えといておくれやす。お店の旦那さまのご意向でもございますしなあ。左内さま、これは決して悪い話ではおまへん。このままこんな薄汚い長屋で生涯を終えるか、それとも再び世の中に浮かびあがるか。何遍もいうてますけど、これは一生を決める瀬戸際の大事どっせ」

地味な身なりをした中年すぎの男は、左内が描絵の仕事をもらっている扇商「藤屋」の大番頭の伊兵衛。かれはときどき、扇絵の素紙を丁稚に背負わせやってくる。

左内の曖昧に答える声が届き、伊兵衛の姿が仁吉の眺めおろす下を通り、長屋の木戸を出ていった。

「藤屋の大番頭の奴、なにをいうてんねん。薄汚い長屋で悪かったなあ。わしら貧乏人にとっては、雨露をしのげる立派な御殿じゃわい」

梯子をもとの場所にもどしてきた仁吉が、お時に悪態を吐いた。

藤屋の大番頭は小声でささやいたつもりだろうが、屋根廂にいたかれには、話の内容がはっきりきこえていたのである。

大森左内がこの長屋に住むについて、十分な労をとった仁吉にすれば、当然の悪態であった。

「なんや知りまへんけど、感じの悪いお人どすなあ。あの番頭はん、いつも位取りしはって、こっちから挨拶せな知らん顔どすえ」

話をきいていないお時は、夫の不満にだけ調子を合わせた。

位取りとは京特有の言葉。だが煎(せん)じつめれば、この位取りはどの地域でも行なわれている。

たとえば、顔や住居を知っている近所の相手に出会うとする。この場合、ゆがんだ矜持(きょうじ)を持つ人間は、決して自分の方から相手に挨拶をしたり、声をかけたりしない。相手の言葉を受け、初めてこれに応える。

相手にくらべ自分の方が上の立場にいるのだと、挨拶一つでも微妙に自己の優位を誇示するのだ。京ではこれを位取りといっている。

「あれはそういう奴ちゃ。左内さまが内職仕事をいただく店の大番頭やさかいこらえてるけど、そうやなかったら、井戸水でもぶっかけてやるところや」

「よそさまのことどすがな。物騒なわやを言わんときやす」

お時が、桶にする木板を積みなおしている仁吉をたしなめた。

「左内さまかてあの大番頭を嫌うてはるぐらい、わしでもわかったるわいな。薄汚い長屋が嫌やったら、来んでもええのとちがうか。自分の甲斐性で一軒の家でも持ちよったときいうたらええのや。たかが扇屋の番頭やないか。職人を小ばかにしてからに。ふん、自分では扇骨(せんこつ)の一本もけずられへん。ろくな扇絵も描けへんやろに」

かれはよほど腹にすえかねるのか、目を怒らせ、お時相手になお毒づいた。

大森左内の仕事は、藤屋から運ばれてくる扇の素紙に、見本通りの意匠を施したり、絵を描くことであった。

季節の贈答品、また祝い事などには、同一の図柄の扇が大量に必要となる。京扇を商う大店(おおだな)は、日本各地の需要にこたえるため、描絵職人や能筆(のうひつ)の内職者をたくさんかかえていた。

「そうや、うち忘れてたわ」

お時が仁吉の毒舌をはぐらかすようにいった。

「いったい、なんのこっちゃねん」

「鉋屑を左内さまのところに届けるのを、忘れていましたんやがな」

鉋屑は竈(かまど)の焚(た)きつけになり、どこでも重宝がられ、大量になれば売り物にさえなる。

仁吉夫婦は、諏訪町の火事で焼け出され、この長屋に住みはじめた左内の助けにでもなればと、鉋屑や木っ端(こば)を届けていたのであった。

「よっしゃ、それはわしが持ってったるわい」

「左内さまが悪いのやないさかい、余分な口をきかんときやっしゃ」

「わしかてそれぐらいわきまえてるわいな。それこそ余分な口や」

木板を積み終えた仁吉は、土間の奥から大きな叺を軽々と持ちあげてきた。

「行ってきなはれ」

「すぐもどるさかい」

家を出ていった仁吉が、大声で左内さまと呼ぶ声が、直後、お時の耳にひびいてきた。

「これは桶屋の仁吉どの——」

戸が開けられ、左内がかれを迎えた。

「おや、伊勢さまはおいでやなかったんどすか」

藤屋の大番頭の言葉が、なにか納得できた。

「伊勢は母上さまを近くの頂法寺までお連れいたした。少し散歩でもしていただかねば、足腰がますます弱りますほどに」

頂法寺とは六角堂、花道池坊の名で知られている。

「なるほど、家のなかに閉じこもってばかりいてはったら、気持も晴れしまへんさかいなあ。頂法寺の境内なら、話し相手もいてはるやろし、鳩かて歩いてますわなあ」

仁吉は気軽にいい、右手に下げてきた叺を、左内の足許にひょいと置いた。

中身がなにか、左内にはわかっている。

「いつもいつもかたじけない。礼をもうす」

左内は固い表情で一礼した。

日頃、微笑を絶やさないかれの顔が、どうしたわけか苦渋を刻んでいる。

仁吉の胸に不審がきざした。

「左内さま、先刻、藤屋の大番頭はんがきてはりましたけど、なんぞあったんとちがいますか。屋根に登っていましたさかい、知らんでもええ話を、ちょっとだけきいてしまいましたんやけど」

「一部でも耳に入れたとあれば仕方がない。急ぎの仕事がなければ、中に入ってまあわたしの愚痴でもきいてくれ。そなたにはまた心配をかけるかもしれぬが。されどわたしの気持はすでに決っておる。藤屋の主も主じゃ。大番頭の伊兵衛とて、不埒をもうすにもほどがある。もっとも、わが家の窮状を見かねてのもうし出であろうが――」

左内はもう一度頭を下げ、臥をつかみ、仁吉を家のなかに招いた。

「ほんなら、ちょっとだけお邪魔させていただきまっさあ。なんにもかまわんとくれやっしゃ」

仁吉は、一軒へだてたわが家の前でこちらをうかがっているお時に、目で合図を送り、敷居をまたいだ。

鎰屋がもつ棟割り長屋は、みんな同じ普請につくられていた。土間の左に四畳半の部屋と押し入れ、土間の奥に流しや竈(かまど)が設けられており、ほかに六畳間が一つあった。仁吉は表の四畳半を板張りにして仕事場にしていたが、左内もここに机をすえ、扇絵を描いていた。

上り框(かまち)に腰を下ろし、仁吉は家のなかを見廻した。だが諏訪町で焼け出されてきただけに、調度らしいものはさして目につかない。左内が母親の於根(おね)と妹伊勢をともない、この長屋に引っこしてきたときには、行李(こうり)を二つたずさえていたにすぎなかった。

奥の部屋に置かれた衣桁(いこう)と古びた飯台は、確か藤屋の丁稚が運びこんできた。そのあと、鍋釜の類と左内が用いている大机も届けられたのだが、当初、仁吉夫婦や長屋の人々はそれを眺め、火事にあう悲惨をつくづくと思い知らされた。

「あれは新世帯もおんなじやがな。それぞれの家でいらへんものがあったら、なんでもええさかい持って行き、使うてもらおうやないか」

仁吉が長屋の各家に相談をかけ、みんなが思いおもいの品物を届けた。

言い出しっぺの仁吉は、桶屋だけに台所の洗い桶、小盥(こたらい)、脚付きの洗面盥など、桶類の一切を持参し、高瀬川筋の料亭「ひさご」で働く料理人の吉太郎は、女房のお糸に台所暖簾を縫わせ、包丁とまな板、小鉢の類と斧(おの)を持たせてきた。

船屋町の町年寄桂屋門左衛門は瀬戸物屋、商売用の水甕(みずがめ)と火鉢を、引っこし祝いだといい置いていった。

「家の手入れや畳襖(ふすま)の替えなどは結構でございます。恥ずかしながら、それより長くとはもうしませぬゆえ、店賃(たなちん)をいくらかでも安くしていただけますまいか」

最初、町年寄や仁吉たちと連れだち、長屋にきた左内は、家主の鎰屋以茶に辞退と懇願をのべ、二つのうちあとの一つは、即座にきき入れられた。

畳はいそいで取り替えられまっ新(さら)、障子と襖も長屋の人々がさまざまな品物を届けている最中、以茶の指図をうけた職人たちによって手早く貼り替えられた。

その日の夕刻、六軒の長屋に引っこしそばが頭数だけ配られた。

「鎰屋のお店さまが気をきかせやしたんや。なかなかできるこっちゃないなあ。年は若いけど、あのお方は亡くなられた先(せん)のお店さまにもまさり、少しも劣らへん。慈悲深いお人やさかい、きっと後世もええにきまってます」

長屋の女房たちが一様にいっていた。

店子（たなこ）と家主は、親子の関係に擬せられる。病人があれば、以茶は店賃がとどこおっても、催促がましいことをいわないばかりか、見舞金さえ届けてくる。彼女を悪くいう者は、長屋に一人としていなかった。

「とり散らしていますが、まあゆっくり気楽にしてくだされ」

一旦（いったん）、奥に姿を消した左内が、盆に湯呑みを二つのせて現われ、上り框に腰をかけた仁吉の前に正座した。

「左内さま、それはいけまへん」

「そうか、ではわたしも楽にさせてもらおう」

かれはあっさりいい、胡坐（あぐら）をかいて坐りなおした。

「どうやら落ちつかはりましたなあ」

「仁吉どのをはじめ、お長屋の人々からあれこれお恵みをいただき、お陰さまで落ちつくことがかないました。このご恩は終生忘れませぬ」

「あほらし、そんな大袈裟なもんではおへんがな。貧乏人いうたら左内さまには失礼どすけど、長屋住いの人間は、誰もがみんなあんなもんどすわ。恩だの義理だのと、ひけ目に感じることはおまへんのやで。ここで威張ってはったらええのどすわ。長屋にご浪人はんがお住いしてはったら、泥棒の奴もよりつきまへん。がきどもの読み書きも教えていただけますさかいなあ」

かれにすすめられ、仁吉は湯呑みに口をつけた。

「お長屋の用心になるともうされても、すでにご存知の通り、わたしの両刀は竹光、いざの場合、ものの用にはたちませぬ」

「いやいや、それでよろしおすのや。やたらに刃物を振りまわされては、物騒でかないまへんがな」

左内が扇絵を描いていると、遊びにあきた長屋の子供がのぞきにくる。それがきっかけとなり、読み書きを教えてくれとせがむ子供まで現われていた。

「さようによろこんでいただければ、わたしとしてはありがたいが――」

「ここにきはってもう四ヵ月余りもたちますのやなあ」

「四ヵ月がすぎ、なんとか落ちついたと思えばまた難題、いつになれば気楽になれますやら」

左内はここで吐息をつき、目を鋭くひそめ、土間の一点をにらみつけた。

「藤屋の大番頭はんが、なんぞ厄介をいうてきはったんどすのやな」

話がやっと本筋に入った。

「ああ。こんな暮しではいつまでたっても埒があくまい。もはやどれほど待ったとて、藩家への帰参もかなうまい。望む人があるゆえ、いっそ伊勢を妾奉公に出さぬかと、藤屋の主がもうしてきているのじゃ。されど貧乏こそさせているが、さような無体、断じて妹には告げられませぬ」

土間の一点を凝視したまま、左内は唇をかたくかみしめた。

「伊勢さまを妾奉公にどすのやと。とんでもない。大店の主のくせに無茶いわはりますねんやなあ。望む人とはどんなひひ親父どすねん。顔みたら、唾でも吐きかけてやりとうおすわ」

「仁吉どの、それがきいてあきれる。名前ははばかりがあってもうせぬが、京では名刹といわれる大寺の高僧なのじゃ」

「へえっ、お坊はん。大寺の高僧やったら、阿闍梨さまとか僧都さまとかいう偉いお方どっしゃろ。とんでもない相談どすがな」

「世の中とは、どうせそんなものであろう。高潔をよそおって人に教訓を垂れ、道理を説く人間ほど井蛙管見、その実は人倫の道にそむく汚い根性をそなえている。わたしは法然さまや親鸞さまが仰せられるように、僧の妻帯には異を唱えませぬが、齢六十をすぎた名刹の高僧が、十九や二十の娘に目をとめ、力をもって妾奉公にさし出せと迫るのだけには我慢がなりませぬ」

左内は仁吉にむかい目を怒らせた。

社寺が多い京で、こんな話はさして珍しくなかった。

幕末、大老井伊直弼の密偵となり、〈安政大獄〉に重要な役割りを果した村山たか女は、近江国・多賀大社の社僧と彦根の芸妓との間に生れた。彼女はかつて直弼と男女の関係にあり、のちに金閣寺僧に囲われ、一子帯刀を懐妊したまま、同寺坊官の多田某の許に嫁いでいる。

左内の妹伊勢に目をつけた名刹の高僧は、彼女が兄に代り藤屋へ扇絵を届けたおり、奥座敷から一瞥して見初めたのだという。

名刹は本山になる大寺。一年中、扇の需要は多く、藤屋には大切な顧客だった。

彼女の身許をたずねられ、藤屋浄益は身をのりだし、相手の高僧にありのままを語った。

「それは好都合。わしの許へ娘だけを奉公に出させよというのではない。兄の左内とやらも、寺侍として召し抱えてとらそうではないか。扶持はどれだけ与えてもよいぞよ。それが嫌だともうすのであれば、拙僧が大垣の戸田公に一書をしたため、帰参がかなうよう計ってやってもよいのじゃ。あの娘をわしのそばに奉公いたさせるからには、わしとてそれぐらいの労は惜しまぬぞよ」

よこしまな話が起こったのはつい半月ほど前。左内の耳朶の奥には、いまも高僧某の哄笑がいまいましくひびいていた。

一通りの経過をきき、今度は仁吉が腹をたてた。

「左内さま、それはひどい話どすがな」

「仁吉どの、そうであろう」

「そないな没義道な話、相手をどついて断っておしまいやす。藤屋から描絵の仕事をもろうておいやすさかい、お断りになれへんのやろけど、そんな店の仕事などせんかてよろしゅうおすがな。左内さまのお仕事がなくなったら、わしがどこなと行って頭を下げ、お仕事を探してきます。伊勢さまを人身御供にさし出したら、寺侍にしてやるの、ご藩家への帰参をかなえさせてやるのと、紫の衣をきた坊主がなにをいいますねん」

仁吉が口から唾をとばして力んだ。

「おい、これは母上さまにも伊勢にもまだ内密ゆえ、静かにいたしてくれ」

耳をすませ、左内が仁吉を手で制した。

長屋の木戸門の方から、ひそやかな足音が二つきこえてくる。

「母上さま、お疲れでございましょう」

質素な服装(みなり)をした伊勢の声だった。

三

毎月末、船屋町の長屋から借家人たちが、店賃を鎰屋まで届けにくる。

丈夫な麻紐でかがり綴じをした判取帳が、それぞれに渡されており、店賃を受納すると、そのつどそれに受領の角判を押して店子に返すのである。

毎月恒例のことだけに、以茶はほとんどを老女のお民にまかせ、彼女からあとで報告をうけ、店賃を受納するだけだった。

いつも店棟から徳松や卯之吉たちが、奥に借家人の来訪を告げてくる。

「船屋町から吉太郎はんのお店さまのお糸はんがきはりました。どないいたしまひょ」

「ああそうか、なら奥に通ってもらいなはれ」

借家人たちは、店の帳場に坐る栄次郎に気兼ねした顔で腰をかがめ、店棟から通り庭をぬけてくる。

左側に紙蔵や土蔵がならび、奥棟の玄関には中暖簾がかけられ、すぐ漆喰の三和土。その正面が吹きぬけの広い台所になっている。

毎月末、まっ先に店賃をもってくる仁吉は、三月の晦日、徳松に案内されてくると、台所の上り框に浅く腰をかけた。

「仁吉はん、いつもきっちりすんまへんなあ」

お民がかれから判取帳を受けとり、以茶から預る角判をしっかり押した。

船屋町の店賃は一ヵ月十匁。米価は変動があり算定はむつかしいが、当時、米一斗が五十五から七十数匁が相場、一石は一人が一年に食べる量とすれば、長屋の店賃はさして高くはなかった。

「いいえとんでもおへん。諸式（物価）が高うなっているいうのに、安い店賃で住まわせていただき、長屋の者はみんなありがたいこっちゃとよろこんでおります」

「長屋の方々に変ったことはありまへんか」

お民は判取帳を仁吉に戻しながらたずねかけた。

「とりたてて変ったことはございまへんけど――」

仁吉はこのあとすんまへんといい、お民から判取帳を受けとったが、まだなにかいいたそうに辺りを見廻した。

「仁吉はん、どないしはりました」

「へえ今日、お店さまはいてはりまへんか」

かれは以茶がいれば、長屋の惣中として大森左内について、頼みたい相談があったのである。

「お店さまは島原遊郭にお出かけどすけど、ご用があるのどしたら、うちがうかごうておきまひょか」

「いいえ、ほんなら明日にでもまた改めてお訪ねしますさかい結構どす」

「仁吉はん、お店さまにご用いうのは、大森左内さまの件どっしゃろ」

気をきかせお民がたずねた。

大森左内が長年描絵をつづけていた扇商藤屋浄益から、仕事を止められたことは、彼女も以茶からきいていたからだ。

「へえ、困ったことにじつはそれどすねんやわ」

仁吉は困惑の表情を実直な顔にうかべた。

「藤屋はんが左内さまにひどい理不尽をいわはったと、船屋町の町年寄からきいてます。それどしたら、お店さまも気にしてはり、店賃は届けていただかんでもええ、実入り払いにしてもらいなはれというてはりました。そやさかい、仁吉はんの口から左内さまに、その旨を伝えてあげとくれやす」

お民は以茶が島原遊廓に出かけるまえ、仁吉がきたら告げておいてくれといいつけられた通りに伝えた。

実入り払いとは、出世払いと同義語。稼ぎの不安定な店子をもつ家主には、いいならわされた言葉であった。

店子が無収入の期間、家主は店賃なしで住まわせるぐらいの寛容さをそなえていたのだ。

「それはおおきに。左内さまにお知らせしたらきっとよろこばはりますわ。ほんまにおおきに。長屋の者もこれでひと安心どすわ。左内さまにもご挨拶にきてもらいますけど、お店さまが島原からおもどりやしたら、ようお礼をいうておいておくれやす」

ぱっと顔色を明るくさせ、仁吉は上り框から立ちあがると、お民に幾度も頭を下げた。

であった。

女性の以茶が島原遊廓に出かけたというのは、同所へ〈花数帳〉の集金に行ったのであった。

島原や祇園などの遊廓では、毎月、抱えの遊妓や芸妓に花数帳を作っている。これは彼女たちの元帳に相当し、くだいていえば成績簿。妓楼では帳場が花数帳に客が遊んだ花数を記し、置屋の男衆がそれで花数の確認をうけるのだ。その帳面の表紙には、遊妓たちの名が記され、下に花数控えとつづけられていた。

鎰屋では遊廓に大量の花数帳を納品していたが、奉公人を集金に行かせなかった。かれらを遊廓に出入りさせ、誘惑でもされたらとの心配からで、納品は番頭や手代のうちの妻帯者が行ない、集金は女主の仕事とされていた。

手代の源三を供につれ出かけていた以茶は、昼をだいぶすぎたころ、用をすませてきた。

「お帰り、ご苦労はんどしたな」

奉公人を指図し、荷棚に短冊をそろえさせていた栄次郎が、二人に言葉をかけ帳場に引き返した。

「おもどりやす」

「ご苦労さまどした」

手代の新助や卯之吉たちが、口々にいい以茶に辞儀を送る。彼女と源三は帳場に坐り、風呂敷包みを解き、長帳と銭袋を勘定場に置いた。

「払いの方はどないどした」

いつでも栄次郎は一番にそれを口にする。

商人として当然の質問だが、町のにぎわいや廓のようすをたずねる気持の余裕が、どうしてないのだろう。源三にも一服しなはれと、ねぎらってもよさそうなものだ。

以茶には、集金の工合をまず案ずるかれのせわしさが、好ましく映らなかった。

「へえ、どのお店もとどこおりなくお勘定をいただいてまいりました」

「それはよかった。廓の花数帳は数は多いけど、手間のわりには儲けが少ないなあ。ちょっと間違えば厄介になり、半年、一年の儲けなどふいになってしまいます。ご先々代さまからのお客筋どすけど、そのうちになんとかきりをつけないけまへんなあ」

栄次郎はさりげない口振りでいい、銭袋から金銀の小粒を勘定場に振り出した。

間違いとか厄介とかの愚痴は、奉公人の過ちを危惧するのと、人を偏見でみるかれのゆがんだ人柄がいわせる言葉で、妓楼相手に商いをするのは鎰屋の体面によくないと、かれは前にもこぼしていた。

栄次郎は自分の代になればこうすると、婉曲に意志をのべたわけであった。

「お父さまのお加減はどうどす」

以茶はかれの意見を無視し、父宗琳の工合をたずねた。

「道安はんが来てくれはり、もうすっかりようなったとおいいどしたけど、しばらく大事をとった方がええともいうてはりました」

「そうどすか――」

あっさりうなずき、以茶は立ちあがりかけた。

宗琳は春先にひいた風邪のなおりが悪く、まだぐずぐずしていたのだ。

「ああそうや、今朝、船屋町から桶屋の仁吉が店賃を届けにきてたようやけど、なんや店賃のことでごたごたゆうてたみたいえ。そっちの方も、相手が女子やと甘う見られんようにせなあきまへんなあ」

以茶から目をそらしたまま、かれはつぶやいた。

仁吉がお民に相談をかけた大森左内の店賃の件は、女中頭お房の口からすでに栄次郎の耳に届いている。かれの態度には、長屋の店賃にも容喙したい気配がありありとうかがわれた。栄次郎はお房に小銭をにぎらせ、手なずけていたのである。

「そんな余分なことに口を挟まんといてくれやす。貸家と長屋はうちの仕切る分どすさかい」

以茶はお民に大森左内の店賃は実入り払いにしておけといって出かけただけに、不意をつかれたせいもあり、固い口調で切り返した。

二人の間に気まずいものがふとただよった。

栄次郎はこれにはなんの返事もせず、銭勘定をはじめている。だが眉をひそめ、こめかみの辺りをぴくんと痙攣（けいれん）させた。

自分の言葉に驚き、以茶は狼狽して店で働く奉公人たちに視線を走らせた。しかしかれらは夫婦の小さな諍（いさか）いに気付かなかったのか、誰も帳場に目をむけていなかった。

あと味の悪いものを残し、以茶は土間から履物をひろい、奥に消えていった。

「おもどりやす——」

奥ではお民が彼女をむかえた。

「いま帰りました。店でうちの人にききましたけど、桶屋の仁吉はんが店賃を届けにきはったんやてなあ」

「へえ、きはりましたけど、それが何か——」

「ばあやに言うておいたことやけど、うちの人から皮肉をいわれましたんや」

まだ興奮のさめない顔で答えた。

「皮肉をどすと。仁吉はんには、大森左内さまの店賃は実入りでええと伝えておきました。それどっしゃろか」

彼女は顔色を翳(かげ)らせ、以茶をみつめた。

「ばあやが気にすることはないえ」

「そうどすけど、その話をどうして若旦那さまがもう知ってはるんどっしゃろ」

お民は奥で働くお房やお妙たちの顔を、めまぐるしく頭の中でたどった。

「誰かが忠義面をして、うちの人に告げ口をしたんどっしゃろ。それよか、お父さまの二合はどうえ」

「へえ、先ほどお薬を飲んでいただきました」

宗琳の部屋にむかう以茶のあとにしたがい、お民は小走りになった。

「お父さま、以茶どす」

彼女は部屋の中に声をかけ、襖を開いた。

「おおもどってきたんか。今日は島原へ集金に出かけたんやてなあ。ご苦労さまどした」

宗琳は布団の上からではなく、広床の前から以茶を振り仰いだ。

墨一色で描かれた異様な人物画が、床に掛かっている。

土蔵からお妙に運び出させたとみえ、彼女が宗琳の後ろにひかえ、軸箱の紐を結んでいた。大小七幅ばかりの塗り箱、宗琳はそれらの絵を床の間につぎつぎと掛け、品定めをしていたらしかった。

いま床には曾我蕭白筆の「寒山拾得図」が下がっていた。

「お父さま、そんなことしてはってええのどすか。すっかり治るまで静かに寝てんと、また悪うなりますえ」

以茶は目に微笑をうかべ宗琳をたしなめた。

「まあ、そんな大袈裟にいわんとき。道安先生は床上げしてもええというてはりましたわいな。そやけど、おまえや栄次郎が店の方を塩梅ようしてくれてるさかい、当分の間、店に顔を出すのは遠慮させてもらうつもりどす。そやさかい、こんなんでもしてな退屈でなりまへん」

宗琳は矢筈をつかんだまま、床にかけた蕭白画を見上げていたが、腰をうかせ、画幅を床から下ろしにかかった。

「お父さま、それ曾我蕭白さまの絵どすなあ。しもうてしまわんと、うちにもちょっと見せとくれやす」

「この絵をかいな――」

宗琳は怪訝な表情をしたが、以茶の言葉にしたがい、ゆっくりまたもとの場所にもどった。

曾我蕭白の「寒山拾得図」は醜怪凄絶、たがいに奇怪な顔で嗤い、部屋の静謐をゆすっていた。

かれの出自は明らかでないが、生れは京の商家。本姓は三浦といわれ、世俗的な絵や権威に背をむけ、逸格で大胆な構図の作品を描いた。三年前の安永四年に版行された『平安人物誌』は、京画壇を代表する画家二十人の名をのせている。しかし一番は円山応挙、二番は伊藤若冲、三番池大雅、四番は与謝蕪村、曾我蕭白は十五番目にすぎなかった。

その蕭白を筆頭にして伊藤若冲、長沢蘆雪の三人を奇矯の画家、近世異端の画家と称し、特に蕭白は暗い情念と特異な表現性のため、近年まで一般的評価が低かったと、美術史は安易に説いている。だがこれは決して正確ではない。

伝統的に鋭い審美眼をそなえる京の町衆や絵好きたちは、奇矯、醜怪でも蕭白や若冲、蘆雪たちの絵を愛蔵してきた。しかしその絵があまりに超俗、逸格のため、独りで愉（たの）しみ、来客をもてなす床にはあまり掛けなかった。

こうして人目にさらすのをはばかった結果、かれらの作品の評価は公（おおやけ）にされず、戦後、初めて海外から評価の光が当てられたような誤解が、研究者ばかりか一般にも生じてしまったのである。

以茶は以前から、かれらの絵にひきつけられてきた。実証主義的な精神をそなえる作品を好ましく思っていたのである。

「おまえみたいなおとなしい娘が、どうしてこんな絵が好きなんか、わしにはわからんわ。わしはどうもこの手（て）の絵は苦手や」

宗琳は以茶につられ、彼女の横に坐り、床の絵を見上げてもらした。

「蕪村先生や大雅はんの絵もよろしゅうおすけど、うちは物差しで測れんところのあるこんな絵がやっぱり好きどす。蕭白さまは図画が欲しかったら応挙のところへ行け、絵がほしかったらわしの許へこいといわはったと、人にききましたけど、こうして蕭白さまの絵をみていると、綺麗に描いただけの絵が、なんやあほくそう思えてきいしまへんか」

以茶はほれぼれした顔でつぶやいた。

大店の娘としておだやかで裕福に育ちながら、こんな逸格の絵を好むところに、のちに悲運を招く彼女の哀しい性格が、のぞいていないでもなかった。

「そういわれればそうやけど、蕭白画には毒があるさかいなあ。わしはやっぱりおだやかな絵がええわ。ところで以茶、栄次郎が船屋町のことでわしにぶつぶついうてたけど、お民からその話はもうきいたんか」

にわかに宗琳は真顔にもどり、以茶にたずねた。

「はい、いま帳場で皮肉をいわれてきました。けどそれどしたら気にかけんと、うちのしたいようにさせとくれやす。お父さまやうちの人から女事(おんなごと)に差し出口をきかれますと、ややこしくなりますさかい」

「そうやな。なんや深いわけは知らんけど、すまんこっちゃ」

女事——とは、女の領分をいい、権益を指している。三井高房が『町人考見録』に記した大商人の惨澹(さんたん)たる没落は、町人経済の過渡期をすぎ、新しい家職（家業）編成の時代にくると、京では家職の徹底的没落をさけるため、一家の中に新しい認識を生じさせた。当主の放漫、贅沢(ぜいたく)、遊興を戒める目的で〈家訓〉が生れ、一家がたとえ貧乏の底に沈んでも、なんとか食べてだけはいけるようにと、資産の中から当主でも勝手にできない〈女事〉が確立されてきたのである。

それは貸家からあがる収益であったり、西陣の織屋などでは、屑糸や端切(はぎ)れをためこみ売却する金であったりした。へそくりも女事の一つだった。

延享三年三月、室町通蛸薬師の物産問屋「伏見屋」茂兵衛が、巨額の負債をかかえて倒産したとき、債権者たちが茂兵衛の妻里の管理する棟割り長屋の接収に動いた。だが里は京都所司代、町奉行所に、女事を主張して訴え、所司代牧野貞通(さだみち)は、債権者たちに女事の権益を説き、無謀をいましめている。

「お父さま、深いわけは知らん、すまんこっちゃとおいいどすけど、店や家の女事についてだけは、もう一遍、うちの人にきっちりいうておいてもらえしまへんか。うちの口からでは気まずくなりますさかい。ついこの間もお店の截(た)ちおとし紙を、うちの断りもなしに左官の棟梁に売ってしまわはりました。こまかいことを一つひとつ並べとうはおへんけど、たくさんの女子衆をみていかなあきまへんだけに、うちにかて算段がおます。千寿の嫁入り道具の一つも、それなりに考えておいてやらななりまへん」

以茶はやんわり宗琳に迫った。

「まことにすまんこっちゃ。女事についてはあれにもまたきつういうとくさかい。そやけど、栄次郎も悪気があってしたわけではありまへんやろ。あれはあれなりに、鎰屋の身代をしっかり守っていかなならんと思うてしてることやろし、おまえも目くじらをたてんときなはれ」

どちらかといえば、宗琳は栄次郎の肩をもち、以茶をなだめた。

——二人の仲はうまくいっているのだろうか。

以茶にまだ懐妊の兆しはなかった。

かすかな危惧が、ふと宗琳の胸をかすめた。

第三章　祇園まつり

一

夜中に二度、長屋の木戸門に近い井戸の釣瓶(つるべ)が、音をしのばせて軋(きし)んだ。

そのあと、長屋の人々の眠りをさまたげないようにと、手下げ桶(おけ)に釣瓶の水を移す音がひそやかにつづいた。

桶屋の仁吉は枕から頭をもたげ、長屋の奥に遠ざかる気配をさぐった。

「ご母堂さまのごようすが、だいぶお悪いらしいなあ」

「いまの足音は伊勢さまどすわ」

女房のお時も耳ざとく目覚めたとみえ、すかさず声が返ってきた。

大森左内の母於根が病の床についたのは、京の桜がつぎつぎと満開になり、町全体が花見気分にひたっているころであった。

あれからすでに二ヵ月ほどがすぎている。

以前から足の萎えが心配されていたが、これとは別に胸の苦しさを訴え、町医から心臓が衰えておられると診断されていた。

若いときから頑固一徹な夫につかえ、内職にはげみながら左内と伊勢を立派に育てあげ、浪人とはいえ、武士の妻としての矜持を保って生きてきた於根は、外見はともかく満身創痍だったのであろう。

夫の大森主大夫は、自分に永の御暇をあたえた藩家から、いずれ再度召し抱えの使いがくると信じ、謹厳実直に暮し、妻だけでなく左内と伊勢の二子にもそれを強いてきた。

於根が深い知恵を働かせ、緩衝の役目を果たしてきたため、左内も伊勢もまっすぐな人間に育ったのである。

「あのようすでは、今夜も熱を出してはるのとちがうか。ご兄妹が代るがわるの徹夜の看病、他人事ながらわしは全く頭が下るわ。あれだけ孝行をしてもろたら、貧乏暮しゅうたかて、真心がこもったる点で、お大尽のご隠居はんもくらべもんにならへんやろなあ。やっぱりお武家はんだけのことはある。ご兄妹とも人のお手本になってはるがな」

仁吉が夏布団から両手を出し、暗闇の天井につぶやいた。

「せやけどあんた、大丈夫か——」

お時の声に危惧の気配がにじんだ。

「なにが大丈夫かやな。大方、鎰屋のお店さまのことやろけど、そんなもんなんともあらへんわい。家主と店子は親子も同然。家主が、人から理不尽をされ、貧乏してる店子の心配をして、少々の面倒をみるぐらい、どこにでもある話やないか。鎰屋のお店さまかて、そこは人目につくのを気遣わはり、だからわしが仲に立っているのやがな。あのお人はなあ、小ちゃい子供のときから慈悲深いお方やった。〈雪のきて柿取る猿の怯えかな〉じゃわい。おまえもしょうもない心配をせんとき」

お時をたしなめる低い声が、夜気の中にひびいた。

「その、雪のきて柿取る猿のなんとかとは、いったいなんどすねん」

「鎰屋のお店さまがお作りやした句やわな。あのお人は十六、七の頃、大旦那さまと宗匠について俳諧を習っておいやした。去年の冬先、お店の者が忙しくて誰もお供できんさかい、わしが頼まれ、お民はんと鞍馬寺までご一緒したことがあったやろ。そのとき貴船口までもどってきたらな、急に初雪が降りだしてきおった。鳴き声でわかったが、山柿を食うていた猿がおびえてなあ、それはすごい声やったわ。雪が積もれば、山の獣も食い物に困る。猿とておびえて鳴きよるわいな。鎰屋のお店さまは慈悲深いお人やさかい、とっさにこの句をお作りやしたんやがな。仁吉はん、こんな句はどうやろと口ずさまはったのを、わしはいまでもはっきり覚えているんや」

「雪のきて柿取る猿の怯えかな――」

仁吉が口にだしてつぶやき、お時がその通りになぞった。

「お店さまの句は、初雪と猿をみてのもんやけど、これから寒い冬をむかえる貧乏人の切実な気持を、詠んでると思えんでもないやろ。あのお人が情深いのは天性やわ。おまえの心配、わしにもわからんわけではないけどなあ――」

仁吉の言葉に、お時は黙ったままなにも答えなかった。

一般にききなれた俳句という言葉は、百年ほど前、正岡子規(しき)によって用いられはじめた。この時期、同時にさまざまな約束ごとが確立した。それ以前は発句とか俳諧とよばれていたのである。

発句は日本独自の文芸形式で、連歌(連句)の第一句の意味。連歌は一人が五、七、五と上の句、もしくは七、七と下の句を詠むと、同座の連衆がそれに応え、下の句か上の句を詠みついで完成させる。三十六句（歌仙）、百句（百韻）がこれで、この連歌から俳諧連句が誕生し、松尾芭蕉がこれを連歌とは別な芸術の域にまで高めた。

鎰屋宗琳と以茶が一時、師事していた与謝蕪村は、享保期、混迷をみせる俳壇に新風をおこし、俳諧中興の役割を果たした。かれの俳諧は、芭蕉の精神性を尊びながらも、それへの回帰ではなく、平明を重んじた。門弟の召波から俳諧の神髄を問われたとき、蕪村は「俳諧は俗語を用ひて俗を離るるを尚ぶ、俗を離れて俗を用ゆ、離俗ノ法最もかたし」と答えている。すぐれた画家でもあったかれは、詩画一致の境地をめざし、二つともきわめて浪漫的だった。

鎰屋以茶が蕪村から教えをうけたのは短期日。だが彼女は蕪村門から退いたあとに詠んだ作品は、冒頭の句や〈人魂に似たる哀しき蛍かな〉の句、また仁吉が口ずさんだ句でもわかる通り、非常に蕪村の精神に近く、清新な抒情に富んでいた。

以茶の優しさと置かれた情況が、やがて大きな悲劇を招く結果となり、四国遍路のなかで彼女は、魂がほとばしる絶唱をいくつも詠じるのである。

お時との短い会話が仁吉の眼をすっかりさましてしまったのか、かれはたびたび寝返りをうった。

夜が深々と更けている。

遠くから犬の吠え声がきこえてきた。

「あんた、眠られしまへんのか」

お時も同様とみえ、枕の位置をなおし、仁吉にたずねかけた。

「ああ、なんや眼がさめてしもうてな。おまえもかいな」

「へえ、いろいろ考えると、やっぱり眠られしまへん。話を蒸し返すようどすけど、ほんまに大丈夫なんどっしゃろか。あんたがいわはる通り、鎰屋のお店さまが慈悲深いお人やというぐらい、うちにかてわかってます。家主と店子は親子も同然、これもそうどっしゃろ。せやけど、情けをかけるにも限度があるのとちがいますか。左内さまが藤屋の仕事をはっきりしくじらはってから、最初は米、味噌、醤油に灯油ぐらいのもんどしたけど、梅雨先ごろから毎月一両、お店さまの懐から出たお金が、あんたを通じて左内さまの許に届けられてます。これはどう見たかて、変としか思われしまへん」

「変やといわれたかて、お店さまからそうしてくだされと頭を下げられたら、わしとしては仕方ないやろな」

「せやけど、仕方ないですませられることどっしゃろか」

お時の言葉で、今度は仁吉が黙りこんだ。

桜の花が散って新緑をむかえ、そのあと梅雨の前触れをつげる雨がひと降りしたある日、鎰屋の以茶が突然、仁吉の家にやってきた。そして夫婦の目前で懐紙に一両の金をつつみ、これを大森左内の一家に届けてもらいたいと頼んだのである。

「店子の難儀と窮状を見捨てておけしまへん。当分の間、誰にも内緒でつづけさせておくれやす。家賃は実入り払いでけっこうどしたけど、これからはこの中から普通にお払いしていただきます。そやけどうちがお金を出していることだけは、金輪際、左内さまにも明かさんといておくれやす」

以茶は思いつめた顔で夫婦に頼んだ。

一両の金を目前に置かれた大森左内は、もちろん金主の明らかでない援助を執拗に断った。最後には怒気の色さえ顔にうかべた。

だが金主の名を明らかにする条件で、かれはついに援助のもうし出をきき入れた。

以来、一両の金が三度にわたって仁吉の手から届けられ、於根の治療と一家の生活がそれで支えられている。

「だからというて、おまえはどう考えてんねん」

仁吉が黙考のすえ、やっと口をきいた。

「一両は大変な金額どすがな。こんなことが長屋のお人たちや世間さま、とりわけ鎰屋の大旦那さまや若旦那さまに知れたら、どないに勘ぐられるかわからしまへん」

「そら勘ぐろう思たらどのようにでも勘ぐれるけど、鎰屋のお店さまは、店子が病気やときかはったら、生卵を一折りもお届けになるようなお人やないか。毎月一両はすぎた親切やけど、まあそんなこともしはるわいさ」

「そういわれたらそれまでどす。そやけどうちは、お店さまが左内さまに惚れてはるさかい、貢いではるのとちがうかと案じてますんや」

お時は自分の推測をずばりといい切った。

「お、おまえ、滅多なことを口にするもんやないぞ。それは下種の勘ぐりいうもんやわ。あの以茶さまにかぎり、そんな浮わついた気持であるわけがないやろ」

仁吉は自分が抱いている危惧を、女房のお時に指摘され、思わず狼狽した。ちょっとでも人に感付かれてはならないことだった。

「浮わついた一時のお気持どしたら、それはそれで、何事も起こらずいつかすんでしまいまっしゃろ。けど若い鎰屋のお店さまが、本気で左内さまに惚れてはったら、いったいどないなりますのや。これはあくまで世間の噂どすけど、お店さまと鎰屋の養子にならはった栄次郎はんとの仲は、決してうまくいってないそうどすえ。お店さまは大人しい性格、大旦那さまから好きでもない手代を婿にといわれても、ようお断りになられしまへんやろ。いうたらなんどすけど、婿はんの栄次郎はんは、鎰屋の身代を守っていかなあかんというのを口実にしてひどいけち、口うるさいお人やとの評判ぐらい、あんたもすでにきいてはりまっしゃろな。あのお店さまが栄次郎はんを嫌わはったかて、少しもおかしいことはおへんえ。でもたとえ家付き娘かて、不義は天下のご法度。内緒ですませたら結構どすけど、これが世間に広がり、大袈裟になってしもたら、あんたもとばっちりを受けなりまへん。うちはそれを心配してますのやがな」

「全く、ほんまにその通りや。世間さまの目は、なんでもしっかり見てるわ。ご夫婦の仲があんまりようないとは、わしかてきいてる。そやけど、それとこれとは別物やないやろか」

「別物でも、すぐ一つにくっつく危険は十分にありますえ。それが男と女の仲どっしゃろ。鎰屋のお店さまは婿はんをとらはりましたけど、うちらの目から見れば、何事につけても生娘同然。きっと初めて男はんをお好きにならはりましたんやわ。そら分別をお持ちやさかい、それを胸の中にじっと隠していはります。けどなあ、ちゃんと見たら、うちにかてお店さまの胸の内ぐらいわかりますわいな」

「うむ、おまえのいう通りや。お店さまは分別があり、しっかりしてはるようでもまだ二十一の若さ。貧乏してはるけど、大森左内さまみたいなきりっとしたお人柄のお人を知らはったら、夫婦仲が悪いだけに、やっぱり気持がぐらつきよるわなあ」

仁吉夫婦のやりとりは、お互いにはっきり鎰屋以茶の左内への危険な感情を認め合っていた。

「どないしまひょ——」

お時の問いは、もはや危惧の声ではなかった。

「どないするというても、わしらではどないにもならへんわい。わしがまさかお店さまの気持を問いただし、分別しなはれと意見するわけにもいかんがな。ここはもう少し先をうこごうてて、お店さまにはご不満でも、ご自分が人妻やと思い直され、いま以上大森左内さまをお慕いにならんよう、できるだけそれとなく遠廻しにいうてみるよりしょうないかなあ」

「止めてとめられぬは惚れ合うた男女の仲。あんたが遠廻しにいうたぐらいで、ききわけてもらえたらよろしゅうおすけど、果たしてきき届けていただけますやろか。いっそ大旦那さまがお気付きやして、お店さまに意見してくれはるのが一番どすけどなあ。ほんまをいえば、うちは気が気でおへんのえ」

「それをいうたらわしかてやがな。左内さまがここで気をきかせ、どこぞに家移り(やうつ)してくれはったらええのやけど。そういうてもこの京は狭い。お店さまの行ないが、かえって大胆にならんともかぎらへん。ともかくあとは、左内さまに分別していただくだけや。これから先なにか起これば、大変なことになるさかいなあ」

大変なことがなにか、仁吉とお時夫婦には、いわず語らずのうちにわかっていた。

元禄(げんろく)の世に生きた近松門左衛門は、大坂や京で実際におきた事件を題材にして、『曾根崎(そねざき)心中』『心中天網島(てんのあみじま)』のほか、京・四条烏丸の大経師以春（意俊）の妻おさんと手代茂兵衛の事件をもとにして、『大経師昔暦(だいきょうじむかしごよみ)』を書いた。他にも姦通(かんつう)事件をテーマにしたすぐれた作品を執筆し、金や義理、人情にからむ男女の悲劇は、人々の胸に深く刻みつけられていた。

江戸時代、妻の姦通の現場を見届けた夫が、その男女を殺害しても、罪をとがめられなかった。『御定書第四十九条密通御仕置之事』は、「一、密通致し候妻 死罪、一、密通之男 死罪」と定め、寛保元年、この箇条のあとに「但、実之夫を殺し候様ニ勧候か、又ハ手伝殺候におゐてハ獄門」と但書を付け、さらに翌二年五月、「密夫いたし、実の夫を殺候もの引廻之上 磔」という箇条をくわえている。

もっとも、不義密通といわれる事件は、真相が明らかにできにくい微妙な部分をそなえているため、血をみるほどの事態でないかぎり、奉行所は夫から訴えがあってもただちに動かなかった。夫から訴えをうけると、奉行所は当人と密夫双方の家主や町年寄を召喚して〈内済〉をすすめ、あくまで話し合いで決着をつけさせた。内済金は江戸、大坂で七両二分から五両ぐらいと相場が決っており、享保大判は小判で七両二分、大判一枚で問題が解決されるのが普通だった。

据えられて七両二分の膳を喰ひ。金五両取るべら坊に出すたわけ——などの古川柳は、不義密通の実態と処置を、わかりやすく伝えている。

仁吉夫婦が危ぶむ通り、大森左内と以茶の関係が深まり、たとえ父親の宗琳や夫の栄次郎に露見したとしても、鎰屋の世間体や財力を考えれば、不義密通はもみ消されてしまうだろう。しかしそれでも、夫婦はなにか胸騒ぎをおぼえてならなかった。

二人が暗闇のなかに再び幽かな寝息をたてはじめたころ、中一軒をはさんだ大森左内の家でも、いくらか熱がひいたのか、於根がようやく眠りについていた。

老いて艶をなくした彼女の額には、冷たい井戸水でぬらした布がのせてあった。枕許に手桶や薬瓶が置かれており、美しい顔にやつれをにじませる伊勢が、母親の寝息をうかがい、そっと表の部屋に姿をのぞかせた。

「母上さまはどうやらお眠りなされたようだな。ご苦労じゃ」

左内が絵筆をもったまま、木枠に張った絵絹から顔をあげ、伊勢にねぎらいの言葉をかけた。

藤屋から扇絵付けの仕事を断られたかれは、京の町に多い〈絵屋〉から下請け仕事をもらい、細々と稼いでいたのである。

絵屋は、一般の庶民の注文をうけ、どんな絵でも描いた。神社に奉納する絵馬、安物の衝立屛風、絵凧も描けば、暖簾の意匠まで手がけ、描絵は多岐にわたった。

一年ほど絵屋の仕事になじめば、それなりの稼ぎになると見込みをつけ、左内は鎰屋以茶からの一両の厚意を受け入れた。

その恩に少しでも報いられればと、いまかれは自分の画技のすべてを傾け、「楊柳観音像」を描いている。観音が蓮華様の台座に正面をむいて半跏（はんか）に坐り、宝冠の上からかぶった白い薄絹には、麻の葉つなぎ文が金泥（きんでい）で細かくほどこされている。高麗（こうらい）仏画に似た透（すか）しの技法を用いた華麗、荘厳なものだった。

おおらかでふくよかな顔だが、観音のそれはどこか鎰屋以茶の面ざしに似ていた。

「母上さまはお休みになられましたが、兄上さま、さように根をつめて絵を描いておられましては、お身体にさわりませぬか。夜も更（ふ）けましたゆえ、そろそろお休みになられませぬと――」

伊勢は木枠の仏画にちらっと視線を投げ、兄をたしなめた。

彼女にも楊柳観音の顔が以茶に似ていると思われた。

「わたしなら宵のうちにひと眠りしておいたゆえ大丈夫だ。そなたこそ疲れたであろう。今度はわたしが代って母上さまの看病をいたす。そなたは休んだらどうじゃ」

左内は絵筆を膝許（ひざもと）においてすすめた。

顔に重い疲れをにじませる妹が哀れであった。

「それではさようにさせていただきますが、兄上さまもご無理をいたされませぬように」

左内の顔をまっすぐ見ずに、伊勢が小声でいった。

「伊勢、いかがいたしたのじゃ」

「いいえ、どうもいたしてはおりませぬ」

「そうではあるまい。わたしが不甲斐ないため、そなたにもなにかと苦労をかける。この兄を許してくれ」

声をくぐもらせ、左内は伊勢にわびた。

「兄上さま、なにを仰せられまする。わたくしが我儘をもうしたゆえ、兄上さまが描絵のお仕事を失われ、母上さまにもご苦労をおかけいたしております。それを思うと――」

ここまでいい、伊勢はうっと声をつまらせ、着物の袂で顔をおおった。

藤屋が持ってきた妾奉公の話は、いつしか伊勢の耳にも届いてしまったのである。

「伊勢、たわけたことをもうすな。藤屋の申し出をきっぱり断ったのはわたしの方だ。いくら父の代から浪々の身で、暮しに窮しているとはもうせ、破戒無慙な好色の僧に、そなたを妾奉公に出せるものではない。ましてやそ奴の口添えで、大垣の藩家に帰参するなど慮外の沙汰じゃ。武士は名を惜しむとまで力むつもりはないが、そなたの嘆きを足掛かりにして、いまさら家名再興を計る気など、わたしにはいささかもないわい。もしさようにいたしたら、帰参を許された家中で、どのようにそしられるやら。わたしもそなたも、亡き父上さまがお扶持(ふち)を召しあげられてから生れ、父上さまほど大垣藩に執着いたしておらぬはず。母上さまにできるだけの孝養をつくしたあとは、ともに京の市井(しせい)に埋れ、つつましく暮していけばよいではないか。藤屋からのもうし入れを断ったのは、断固としてわたしだ。藤屋も藤屋だ。相手が御用達(ごようたし)を仰せつける本山の高僧とはもうせ、理不尽な話を当方にとりつぎ、それを断れば糧道を絶つとは、所詮同じ穴のむじなよ。いまのわたしは、仕事をとりあげられ、かえってせいせいいたしておる。それがなんでそなたのせいじゃ。伊勢、思慮をたがえるではないぞ」

左内はにこやかに笑い、伊勢に説いた。

父庄大夫の代から扇絵付けの仕事を父子に与えてきた扇商の藤屋争益は、最後に左内が直々、権妻(ごんさい)（妾）の件は固くご辞退いたしたいともうし入れると、飼い主の手にかみつかはりますのかと皮肉を浴びせつけた。そしてそちらさまがそうなら、こちらかてそのつもりにさせていただきまひょといい、数日後、手代が長屋にきて、仕事の一切を引きあげていったのだ。

「兄上さまはさようにお慰めくださいますが、わたくしさえ承服すれば、何事も円満にはこんだはず。わたくしは――」

伊勢はうるんだ目で左内をみつめた。

「そなた、今夜は疲れているのじゃ。埒もない愚痴をこれ以上もうし、母上さまのお目を覚してはならぬ。さあ早く横になるがよい」

かれの声を追い、犬の遠吠えがまたきこえてきた。

二

遠くから祇園囃子の音が、コンチキチン、コンチキチンとひびいてきた。

旧暦五月中旬、新暦になおせば七月の初めになる。中京の函谷鉾町など京の鉾町では、五月十日、ほとんどが祇園会の〈神事初度の寄合〉を行ない、当日から祇園囃子の稽古をはじめる。

西町奉行所同心長坂半十郎の手下（下っ引き）をつとめる島蔵は、奉行所の棟門を外にくぐると、急に生きいきした顔になり、奉行所の長い築地塀にそい東にむかっていった。

北に二条城のいかめしい石垣と櫓がみえ、蒼ずんだお堀の水が、初夏の陽をきらきらはね返している。

――まあ四、五日暇をもらったようなもんやわいな。

かれは胸のなかで快哉（かいさい）を叫んでいた。

自分に十手を預ける長坂半十郎が、組与力の黒田市右衛門から大坂町奉行所へ出張を命じられ、五日ほど京を留守にするからであった。

「大坂への御用は、同役の衆二人とまいる。わしの留守中、たいした事件は起こらぬと思うが、町廻りはいつも通りにいたし、番所をしっかりのぞくように。何か事が出来（しゅったい）いたしたら、ほかの同心方のお指図にしたがうのじゃ」

長坂半十郎は四半刻（三十分）ほど前、見送りはよいといい、朋輩（ほうばい）の内海文助と三条・高瀬川の舟溜りに急いでいった。

そこから高瀬舟で伏見の京橋まで下り、大坂下りの三十石船に乗りかえるのだ。

ここ数ヵ月、京に事件らしいものはなかった。起こったのはせいぜい人足の喧嘩ぐらいで、平穏な日がつづいていた。

常日頃、頭を押さえつける同心の長坂半十郎が京を留守にするなら、数日は存分に羽根をのばせる。

島蔵はいつも自分が目をかけてやっている中京、下京の大店（おおだな）に顔をのぞかせ、とりあえず冥加金をせしめてくるつもりであった。

奉行所から支給される月二分の手当て、それに主の半十郎がときどき気まぐれにくれる小銭だけでは、出世稲荷近くで髪結いを営む女房のお勝に、ろくな物も買ってやれない。大店の主や番頭たちがそっとにぎらせてくれる冥加金が、大きな実入りであり、江戸幕府の治安維持も、末端ではこんな曖昧さのなかで保たれていた。

島蔵は平安時代、歴代の天皇や貴族たちが、曲宴や観花の宴を愉しんだという〈神泉苑〉の西を南に下り、御池通りを東に歩きはじめた。

神泉苑は京の町の繁栄につれ、往古にくらべぐっと小さくなっている。御池通りの名も、神泉（池）苑から起こっていた。

晴れあがった初夏の空を仰ぎ、島蔵は胸のなかで、これから顔をのぞかせる大店の主や番頭たちの顔をあれこれ思い浮かべた。

どれだけの身代をもった連中でも、手広く商いをしている商人でも、自分が姿をみせると、辞を低くしてぺこぺこ頭を下げる。かれらが自分のことを、頭上にたかる蠅ぐらいに考えているのは十分にわかっていた。だがそれだけに十手をひけらかし、冥加金をせしめるのに、一種の快感をおぼえた。

あの店にも、この面を見せつけてやる。

なかでも塗師屋町の鎰屋は、いつも顔をのぞかせる甲斐があった。

手代から選ばれ、家付き娘の婿になった栄次郎は、一人でも心の許せる味方がほしいのか、自分に特別な好意を示し、過分な金を包んでくれる。

この間など一両もの金を渡された。

下っ引きの自分と親しくしている姿を奉公人に誇示するのは、かれにとってそれなりに、店内で何かの効果があるのだろう。

ほかを先にまわり、昼からでも鎰屋に行ってやるか。いつも奥座敷に招きあげられ、茶菓か簡単な酒肴を振舞われる。

島蔵は御池通りをさらに東にすすみ、堀川の小橋をわたり、川沿いの道を上にむかった。

彦根の井伊家、播磨姫路の酒井家の前をすぎる。両家とも上土門の両脇に門番たちが立ち、かれらが島蔵の帯にはさむ十手に素早く目をとめ、軽く目礼を送ってきたのが、かれのような性の男には快かった。

「島蔵の親分さま、結構なお日和でようございますなあ。お役目、ご苦労さまどす」

左を流れる堀川のなかから、いきなり挨拶がかけられてきた。

川のなかをのぞくと、染屋の職人が美しく染めあげた友禅の布を水洗いしている。青い清冽な水が音をたてて流れ、それに沿い、花模様の布が幾筋もうねるのが目にまぶしく映った。

「おお、精がでるやないか。季節もようなったさかい、水仕事も楽になったやろな」

冬期の水仕事はつらいが、夏場にむかうこれからは、染め布の水洗いも苦ではなくなる。

「へえ、もうすぐ祇園まつりどすさかいなあ。祇園囃子の稽古の音が、どうかするとここまできこえてきますがな」

水洗いの手をとめ、堀川の流れから島蔵に話しかけているのは、油小路の染屋で働く中年すぎの男であった。

京の染屋の大半は、堀川や西洞院川などの洗い場まで荷車で染め物を運び、長い棹にそれをひっかけ、一枚一枚丁寧に糊を洗い落とすのである。

川筋のいたる所でみられる風景であった。

島蔵はのどかな気分で、堀川の東岸をどんどん歩いていった。西陣・葭屋町の織屋のつぎは、松屋町の糸屋を訪れる。久しぶりに顔をのぞかせるのだ。あちこち廻れば、少なくとも一両ほどの金にはなる。

だが期待できるのは、なんといっても塗師屋町の鎰屋だった。養子の栄次郎には数度、料理屋に招かれ、供応をうけていた。

——同心の旦那は御用で大坂へ出かけている。番屋をのぞいたあと、今夜はひとつ島原にでもくりこみ、派手に遊んでやるとするか。

今日一日の行動を胸のなかでなぞり、島蔵はふと出水橋の方を眺めた。すると小さな橋を、若い女が西に渡りきったのが遠くから目についた。

姿に見おぼえのある女だった。

あれは誰やったやろとめまぐるしく記憶をたどり、島蔵はすぐうなずいた。

鎰屋栄次郎の妻、以茶だったからである。

「鎰屋のお店さまやないか。大店の女主が供もつれんと、なんやけったいやなあ」

かれは小さく声にしてつぶやき、彼女の姿をみつめた。

仕事柄、不審を覚えれば、目付きがすぐ鋭くなる。鎰屋以茶には、どことなく人目をはばかる気配が感じとれた。

島蔵は冥加金のことなどすっかり忘れ、彼女の跡をつける気になった。

以茶は京の町を東西に走る出水通りを西にすすみ、葭屋町通りまでくると、角から二軒目に店をはる小さな呉服屋の暖簾をくぐった。

跡をつけてきた島蔵の目には、彼女の行動がいよいよ怪しく映った。

紙商鎰屋に出入りする呉服屋は、四条室町の「山城屋」吉兵衛ときいている。

奉公人が多いだけに、一切が山城屋でまかなわれ、女主の以茶が、出水の小さな呉服屋に足を運ぶこと自体が、島蔵の不審をかきたてた。

かれは近くにある古い祠のうしろに身をひそめ、「菱屋」と暖簾を下げた呉服屋の中をじっとうかがった。

帯から十手をぬきとり、それを人目につくようひけらかしていれば、通行人たちはお上の御用だとさとり、島蔵の姿を見てみぬふりをしていく。かれが身をひそめる前を、燕が何羽も素早く飛翔していき、灯油屋が売り声を張りあげ通りすぎていった。

以茶は店に入ったまま、なかなか現われない。最初、すぐにでも出てくるものと考えていた島蔵は、ますます不審を深めてきた。

かれは以茶の一人歩きを訝しみながらも、心のどこかでそれはほんのちょっとした用達し、お供の小女を店へ先に帰したため、菱屋からすぐ現われると考えていたからである。

四半刻がこうしてすぎ、以茶がやっと町辻に再び姿をみせたのは、小半刻（一時間）ほどたったころだった。

そのようすは明らかにおかしかった。

菱屋の暖簾にちょっと手をかけ、道の左右を交互に眺め、すっと出水通りにすべり出てきたからだ。

祠の後ろからぬっと姿をのぞかせた島蔵は、以茶が今度は東にむかう後ろ姿を、仁王立ちになって見送った。そして右手にもった十手をにぎりしめ、菱屋の暖簾にちらっと目を走らせた。

かれの獲物を追う嗅覚に、怪しいものがはっきり匂った。

「ごめんなはれや――」

島蔵は躊躇（ちゆうちよ）なく菱屋の暖簾を十手ではねあげた。

「へえ、おいでやす」

店のせまい板間で、初老の男がかれを迎えた。

「ご用はなんでございまっしゃろ」

風体から呉服を買いにきた客には見えなかったからである。

菱屋忠右衛門は、島蔵の十手にまだ気付いていなかった。かれの前には、老若男女用の反物がところ狭しと広げられていた。

「おまえはんがこの店の主どすかいな」

「へえ、主の忠右衛門といいますけど、どなたはんでございまっしゃろ」

忠右衛門の言葉には、かすかに丹波訛りが感じられた。

「おお、ここのご主人さまかいな。わしはお上から十手を預こうてる出世稲荷の島蔵いう者やけどなあ」

島蔵は十手の効果を確かめる顔で、忠右衛門に笑いかけた。

「こ、これは親分さま、お顔を存ぜぬとはいえ、ご無礼をいたしました。すまんことどす。菱屋の主忠右衛門でございます。さあ、きたないところどすけど、かけとくれやす」

忠右衛門は狼狽した態度で、島蔵に座布団をすすめた。

「なにもあわてんでもええがな。ちょっとたずねたいことがあるさかい、のぞいたんや」

「いったい、なんでございまっしゃろ」

広げたままの反物を眺める島蔵に、忠右衛門はおそるおそるたずねかけた。

「この反物、どないしたんやねん」

「と、とんでもございまへん。稲荷の親分さま、変なお疑いをかけんとくれやす。これは盗ってきた物でも、拾うてきた品物でもおへん。れっきとした店の商品でございます」

「忠右衛門はん、そんなんわしにかてわかってますがな。ついさっき、ここから若い女子が出ていったやろ。わしはその女子がこれを見立てていったんかときいてるんやわな」

島蔵の質問は、忠右衛門の退路をふさいでいた。

「へ、へえ、そうどすけど、それがなにかご不審でも——」

「あの女子が、この反物を買うたんか」

「買うてもらいましたけど、いけまへんのどすか」

「わしが嫌味をいうてるようにききないな。買うてもろうて結構やないか。それで女子は何反買うていきよったんやな」

老若男女用の反物は、十数反も広げられていたからであった。

「へえ、お年寄りむきの上物、それに若い男物と女物の三反でございます」

忠右衛門は広げた品物のなかから、一目で高価な品とわかる布地を三反選びだした。

一枚は薄青紫の絽、あとは利休青の浴衣地と小花をあしらった女物、ともに上木綿だった。

「これは高いやろな」

「へえ、どこのどなたはんか知りまへんけど、お金を前払いしはり、いずれもだいたいの背丈をいわはり、仕立てておいてほしいとのご注文どした。仕立て代まで過分にお払いくだはりました。どこぞにご不審がございまっしゃろか」

不安そうな顔になり、忠右衛門が島蔵の顔をみつめた。

「名前も住所も告げんと、不審といえば不審やけど、銭さえ払うてもらえば、商人（あきんど）に文句はないやろな。それで、あれは一見（いちげん）の客やわなあ」

「へえ、そうどす。うちの店には初めてのお客はんどす。物腰といい言葉遣いといい、どこか大店（おおだな）のお店さま風どした。親分さまは、どこの女子はんかご存知なんどすか。ご存知どしたら、念のために教えとくれやす」

「そんなもん、わしは知らんでえ。いうたら悪いけど、店の構えに似合わん客が入るのを見たさかい、ちょっと妙やなあと思い、こうしてたずねてるだけのこっちゃ」

島蔵は鎰屋以茶が、誰に着せるつもりでこの三点を選びだし、仕立てまで頼んでいったのかを、胸のなかでさぐった。

疑問の第一は出入りの呉服屋を避けての注文、第二は名前も住所も告げていかなかった点であり、注文の品数がかれになにより疑問を深めさせた。

鎰屋の栄次郎から、鎰屋がもつ船屋町の棟割り長屋に、火事で焼けだされた美濃浪人の一家が入居したことはきいていた。

貸家やこの棟割り長屋は、女事として主人の算（さん）の埓外（らちがい）におかれている不満も、料理屋で酒を飲みながら、栄次郎からぼやかれた。

「女事やったら、まあそれは仕方がないとしようやおへんか。せやけどなあ島蔵の親分はん、うちの以茶も商人の娘で、これから身代を大事に預こうていくわたしの女房どっしゃろ。いくら火事で焼けだされ、病気の母親をかかえた瘦せ浪人、また今までの仕事先をしくじったとはいえ、店賃を実入り払いにすることはおへんわなあ。商人にとって銭は命、もっと厳しゅうやってもらわな、いまに鎰屋の五代目になるわたしには、納得でけしまへん。世間では小糠（こぬか）三合あったら養子にいくないいますけど、ほんまどすえ。店の奉公人やみんなにはうらやましがられてますけど、その身のわたしは、なにかと気兼ねもし、気疲れもするもんどすわ。まるで針の莚（むしろ）に坐らされている気持になることさえおますわいな。番頭や手代たちは、わたしの指図を慇懃（いんぎん）にききよります。そやけど、ほんまのところ腹んなかでは何を考えてるやら、狸や狐ばっかしでさっぱりわからしまへん。どうせ寄るとさわると、わたしの悪口をいうてるに決ってますがな。誰も信用できへんなかで、頼りになるのは島蔵の親分はんだけどすわ。わたしが島蔵の親分はんと、ご懇意にさせてもろうてるいうだけで、奉公人の態度もちごうてきますさかい。これからもなにとぞ、どうぞ力になっておくれやす」

栄次郎は本音か口から出まかせかはともかく、少し酔いをうかべた顔でならべたてた。

一介の手代から一挙に大店の婿養子にとりたてられ、かれが一面、当惑しているのはわからないでもない。だから奉行所の手先として働く自分を抱きこんで足許を固め、かつ奉公人ににらみをきかせようとしているのだろう。

鎰屋は京では指折りの紙商、身代は相当なものだ。当代の宗琳が死んだりすれば、いずれ栄次郎があとを継ぎ、当主として君臨する。

島蔵にとって、栄次郎は金蔓（かねづる）といえないでもなかった。

「若旦那はんのご苦労や気兼ねぐらい、この島蔵にかてよくわかってますがな。せやけど、他人さまには当人の苦労なんか察せられしまへんわ。人間は気に入らん者や憎い相手が幸せになるのは、どうしても許せないもんどす。わしでよければ、どれだけでも若旦那はんのお力になりましょうやないか。若旦那はんはわしがお店をのぞくと、いつも気を遣うてくれはりますけど、わしかて人から稲荷の島蔵親分といわれている男どす。今後、若旦那はんのどんな力にでもならせてもらいますさかい、そないな気遣いはもうやめとくれやすか。若旦那はんも男なら、わしかて男どす。長いお付き合いにしまひょうな」

島蔵は力(りき)んでみせ、かれなりに点数を稼いだつもりだった。

「島蔵の親分はん、おおきにおおきに。わたしは千人の味方を得た心地どす」

このときも栄次郎は、かれに一両の金をにぎらせた。

菱屋忠右衛門が島蔵の前にならべた三反の布地は、かれにすぐ棟割り長屋の浪人大森左内や、かれの母と妹の姿を思い起こさせた。

鎰屋以茶はこれらを仕立てさせ、一家にくれてやるのだろうか。そんなことはまさかあるまいと思うものの、一つひとつ彼女の行動の不審を考えれば、あり得ないことではなかった。

もし自分の推察が事実で、その僻事(ひがごと)を栄次郎が妻の以茶につきつけたら、いったいどうなるのだろう。

彼女に不義密通の事実はないとしても、過分な好意はただごとではあるまい。鎰屋の家(いえ)内(うち)で天(てん)と地(ち)がひっくり返るように、夫婦の立場が逆転するにきまっていた。

大旦那の宗琳も世間体をはばかり、栄次郎の立場に重きを置くにちがいなかった。

これは自分が栄次郎に取り入り、鎰屋の急所をにぎる絶好の機会だ。

島蔵は黙ったまま、素早く算をはじいた。

「親分はん、どうしはりました。なんぞやっぱりご不審どすか」

「いいやなんでもない。そこで念のためにきかせてもろうとくけど、着物はいつまでに仕立てる注文なんや」

「へえ、祇園まつりに間に合わせとうおますさかい、五月末日、その日にいただきにくるというていかはりました」

「そうかあ、祇園まつりまでになあ」

考えごとにふけりながら、島蔵がつぶやいた。

「そうどすねん。あといくらも日があらしまへん。針子（はりこ）はんを急がせななりまへんのやわ」

「ほんまにそうやろなあ。ところで菱屋はん、十手にかけここで頼んでおくけどなあ、稲荷の島蔵がこんなことを詮索（せんさく）しに寄ったと、その女客に告げ口したらあきまへんのやで。これだけは口が裂けても守っとくれやっしゃ」

島蔵が眼（まなこ）をすえ、忠右衛門を恫喝（どうかつ）した。

「へえ、決して口にせえしまへん。このわたしを信用しとくれやす」

町奉行所から十手を預る親分が口止めするからには、きっとなにかあるに相違ない。忠右衛門はおびえた顔で手をつかえた。

「ほならきっと頼むわ。商いの邪魔してすまんかったなあ」

島蔵は菱屋の暖簾を十手ではねあげ外に出た。すると、燕がまた足許をかすめ飛んでいった。

足許をふとひるがへす燕かな

口開けて鳴く子に瘦せる夏の燕

鎰屋以茶には、燕を詠んだこんな句がある。

三

六月四日、下京の鉾町では町木戸を洗う。

最初、それは鉾町だけの神事の行事だったが、洛中一帯の棟割り長屋でもそれにならい、木戸を洗う習慣ができあがっていた。

現在、下京の鉾町では、祇園まつりになると、一斉に〈御神灯〉の駒形提燈を家ごとに飾る。だがこれは文化二年の御神事からはじめられたことで、起源は比較的新しい。それ以前は火事の発生をおそれ、きびしく禁じられていたのである。

どの町内でも町木戸を洗っている。

隣近所の人々が総出で一年の汚れを洗い落とし、あわせてまわりの清掃を行なっているのだ。

「まだ汲まないかんのかいな」

ねじり鉢巻きをした桶屋の仁吉が、息をあえがせ、女房のお時やお糸たちにたずねかけた。

船屋町の棟割り長屋でも、手の空いた女たちが着物の裾をからげ、襷がけで、藁たわしを手にして、長屋の木戸をごしごし洗っていた。

京では町木戸にしろ長屋の木戸にしろ、これらは中世以来、町の自治を象徴するものと認識されてきた。乱世、京の各町は木戸により外敵の侵入を防ぎ、幾代にもわたり、身を守ってきたのであった。

それだけに、木戸洗いの行事には活気がうかがわれた。

鎰屋が所持する長屋の木戸は、太い柱を二本立て、左右に柵（さく）を配した簡単なものにすぎない。だがいざ洗うとなれば、どうしても大仰になった。

「あんた、なにを阿呆なことというてはりますねん。まだついいましがたはじめたばかりどすがな。どんどん汲んでもらわなどもなりまへん」

お時が柵の根元に藁たわしの手をのばしたまま、半腰の姿勢で夫の仁吉をせかしつけた。

「わしも歳なんやわ。もう息切れがしてきよったがな」

「仁吉はん、そないな弱音（よわね）吐いてどないしはります。まだそんな歳ではおへんごっしゃろ」

夫婦の会話に、お糸がすかさず半畳（はんじょう）を入れた。

鎰屋から長屋の惣中をまかされている仁吉は、自分が居職（いじょく）の職人だけに、長屋の外稼ぎの男たちに対して、木戸洗いはわしと女子たちですませておくとうけおってしまったのである。

「うちが代らせていただきまひょか」

仁吉の弱音をきき、交代の声をかけたのは、かれの向いに住む又八の女房おふゆだった。

又八は荷担ぎの羅宇屋をやっている。

羅宇とは、キセルのがん首と吸い口の間の竹管をいい、煙草を吸う風習がはじまった江戸初期、ラオスから渡来した竹が使われたため、この字が当てられた。

「とんでもないおふゆはん、放っといておくんなはれ。あんた、わしも歳やとはよういわはりますなあ。釣瓶の重さなんか、鑿や鉋とそれほど変りまへんやろな。五十杯も六十杯も汲ませたわけやなし、ほんまにあほらし」

昨夜、夫婦の間でなにがあったのか、日頃の言動にくらべ、お時は辛辣だった。

「まあしょうがないとするか。どうせいままで尻を叩かれ、稼がせられてきたんやさかいなあ」

仁吉は笑って冗談をいい、汲みあげた釣瓶の水を、ざっと大桶に傾けた。

長屋の女たちは、この大桶から水を汲みだし、木戸を洗っているのだ。

「仁吉はん、女房のお時はんになんぞ悋気される不始末でもしはったんどすか。えらい剣幕やおへんか」

女たちの後ろからいきなり声をあびせてきたのは、下っ引きの島蔵であった。

かれは子分の源八を連れていた。

「おや、これは島蔵の親分さま、すんまへん」

仁吉が後ろをふり返ると同時に、井戸の底から、釣瓶が水の面をたたく音がひびいてきた。

「わしに謝ることなんかなんにもあらへん。今日はどこの町内や長屋でも、男どもが水汲みや掃除にこき使われているわい。まあこれも祇園まつりのため、町内の者がさっぱりして祭りの日を迎えられたら、めでたいこっちゃがな」

かれは顔をゆるめてなだめたが、その目は決して笑っていなかった。

あたりに油断なく注意の目を配り、右手にもった十手で自分の肩を叩いた。

「親分さま、お見廻りご苦労さまどす」

「日に日に暑うなってきましたさかい、町歩きも大変どすなあ」

お時とお糸が、島蔵にお世辞をいった。

「あさっては六月六日、祇園まつりの宵山やわいな。暑うなってあたりまえや。お祭りが近づくと、どうしたって人の気持が浮わつき、酒を飲むことも多なる。金もいるさかい、揉め事にも気をつけならん。それでいて、わしらは人さんに毛嫌いされる。これも因果な稼業やけど、まあしょうがないわ」

　長屋の人々の気持を見透したように、島蔵は自嘲してみせた。

「親分さま、とんでもない無茶をいわんとくれやす。ここに居てる誰が、そんなこと思ってますかいな。毎日、わしらが安心して暮せるのは、みんな奉行所のお役人さまや親分さま方が、悪い連中ににらみをきかせていておくれやすおかげどすがな。そないに機嫌を悪うせんと、縁先にでも腰をかけ、一休みしていっておくんなはれ」

　仁吉が釣瓶の縄をつかんだまま、心にもなく島蔵にへつらった。

　この数日、島蔵は長屋の連中に気付かれないよう、それとなく大森左内と妹の伊勢を見張っていた。

　鎰屋以茶が葭屋町出水の菱屋忠右衛門に注文していった絽と上木綿の単三重ねは、あのあとしばらくして仕立てあがり、五月の末日、やはり彼女が独りで店に受けとりにきた。

　島蔵は源八と交代で朝から菱屋の近くに張りこみ、八つ（午後二時）すぎ、自分の目で一切をしっかり見定めた。

「菱屋の親父はん、おおきにやわ。あの女客になにもしゃべらんと、仕立て物をよう渡してくれたなあ。あの女狐、なんにも気付かず、仕立て物を胸にかかえ、うれしそうに堀川の方に去によったわ。あの女客がこれからも、もし着物を注文しにくることがあったら、使いの者には駄賃を出すさかい、わしの許に知らせてくれへんか。もちろん、親父はんにもそれ相当のお礼ぐらいさせてもらうがな。それに魚心あれば水心で、わしみたいな者と昵懇になっておくのもええもんやで。わかってるわなあ」

鎰屋以茶の後ろ姿を見送り、島蔵はすぐさま菱屋の店内に飛びこんだのである。

「親分さま、朝から張りこんでいはりましたんか――」

帳場にもどりかけていた忠右衛門が、目を剝いて島蔵にたずねかけた。

「あたりまえやがな。けったいな顔でわしを見んこっちゃ」

「そないなつもりで親分さまを見たわけではおへんけど、あの客が帰ってすぐでございますさかい、ただちょっと驚いただけどす。ほかに他意はございまへん」

「そやろ、それでええのやがな。ところであの女客が持っていきよった着物の端切れ、頼んでおいたように取ってあるやろなあ」

最初のとき島蔵は、証拠の品とするため、呉服の端切れを残しておいてくれと忠右衛門に命じていたのである。

「それどしたら、おいいつけ通りにしておます」

かれは帳場から小さな紙包みをとってもどり、島蔵の前で広げた。薄青紫の絽、小花をあしらった若い女物と利休青の男物。小切れで十分だった。

「この三つ、預こうておいてもええか」

「へえ、そんな小切れ、返していただかんでも結構どす。どうにでもしておくんなはれ」

「そうか、ほならもろうとくわ。おおきになあ。さっき頼んだこと、忘れんようにしてや。何もかもうまくいったら、たっぷり礼させてもらうさかいなあ」

「親分さま、これは捕り物どすか」

「いやあ、そんな大袈裟なもんやない。せやけど、それに似たようなもんで、わしには大仕事なんじゃ。ほんまにおおきに。ならこの小切れ、もろうとくで――」

かれは小忙しくいい、小さな紙包みを懐にねじこんだ。

その三品の小切れが、いま長屋の人々と軽口をきいている島蔵の懐のなかにおさまっている。

大森左内やその母妹のいずれかが、小切れと同じ色合いや柄の単（ひとえ）を着ていれば、それはもう鎰屋以茶が、夫栄次郎の目を盗み、こっそり一家に贈ったと考えるべきだろう。

自分の推察に間違いがなければ、病気で臥（ふせ）っているときく母親の於根はともかく、左内と伊勢の兄妹は、祇園まつりが近いだけに、当日かその前後、必ず身につけるはずだった。

ひそかにかれらに近づいて事実を確かめる。

六月六日の夜、祇園会の宵山にでも出かけてくれれば、最も好都合だった。宵山の夜、下京鉾町の界隈は、美しく飾られた山鉾見物のため、市中からくり出した人人で混雑する。

だが宵山は、この数十年前からはじめられた行事で、江戸初期の延宝期に記された『日次紀事』にその記載はない。

宝暦年間（一七五一―六四）、近江小室藩京屋敷用人をつとめた俗名西垣源五左衛門、致仕後は僧浄観と名乗った人物が記した『浄観筆記』は、かれの在京中に見聞したさまざまな出来事をいまに伝えてくれている。大部分は散逸しているが、そのなかに、「祇園会宵山なる御神事ハ下京室町筋の人々が祭事の殷賑のため、西陣高機仲間の面々と企てたるときけり。巧妙なる謀といふべし」と記されている。伝統はいつかの時代、知恵者によって作られるものなのだ。

京の西陣に、高機仲間（組合）が成立したのは延享二年、中世の「座」が発展形成されたもので、職分の明確化と仲間外業者からの侵害を防ぐためだった。職分の固定は、幕藩体制を永続させる大義にも必要とされ、仲間の結成は酒造屋仲間、伏見瓦師仲間、綿屋仲間、京売花屋仲間などあらゆる業種におよんだ。

かれらは自分たちの商売や既得権を守るため、相互監視につとめ、冥加金や公役を果たし、同業者の結束を固めていくのである。

京の着倒れ——という言葉があるが、誰でも知っているこの言葉の由来を明かせば、特殊な状況のもとで発展してきた京都の女性文化を象徴するものではなかった。

享和二年、十返舎一九の『東海道中膝栗毛』の初編が刊行された。このなかに「京の着だをれの名は、益西陣の織元より出」と書かれている。つまり京の着倒れの言葉は、西陣の織屋が諸国にむけ消費を拡大させる目的でいい出したのだ。それがいまやフレーズ（慣用句）として定着してしまっている点に、商魂のたくましさが感じられる。

「親分さま、わしんとこでは汚のうおすけど、まあなかに入って掛けとくれやす」

仁吉が釣瓶の縄から手を離し、木戸の外に立つ島蔵に小腰を折った。

「いやあ、おおきに。せやけどまたにさせてもらうわ。奉行所の旦那から見廻りをきつういわれているさかいなあ」

船屋町の長屋にむかい、大森左内が急いでもどってくるのを目の隅に入れ、島蔵は濁声でいった。

左内は歩きながら、長屋の人々と立ち話している男が、一目で下っ引きとみてとり、軽く頭を下げた。

「仁吉どのをはじめお長屋の方々、おそくなりまことにもうしわけございませぬ。薬を調じてもらうのに手間どりましてなあ。さっそく仕度をしてまいりまする」

於根の病状が七日ほど前から悪化していた。

その母親のため、左内は医者の許へ薬を取りにいっていたのであった。

「お袋さまはそれほどお悪うございますのか」

「なかなか。ご心配いただきかたじけない」

左内はまた島蔵に目礼を送り、小走りで長屋の奥にむかった。

再び表に現われた左内は、襷をかけ、袴の股立ちを高くとっていた。

そのとき、木戸門に島蔵の姿はすでになかった。

お時やお糸たちが、木戸の柵をまた洗いはじめている。

「身どもが水を汲みますほどに、仁吉どのは少しお休みくだされ」

左内は仁吉と代るため、井戸端にすすんだ。

この頃かれの家では、伊勢が母親の於根に、兄の左内が息をきらせ持ち帰った薬を飲ませ、木枕をあてがっていた。

「母上さま、いかがでございまする」

伊勢が手桶にひたした布をしぼりながら、於根のようすをうかがった。

於根の顔色は黒ずみ、憔悴（しょうすい）がひどく、熱も高かった。

「諏訪町の長屋を焼かれたあとだというのに、わたくしが病みつき、そなたにも左内どのにも世話をかけます。わたくしの看病で、そなたは昨夜もゆっくり寝ていますまい。薬を飲ませていただきましたから、少しは熱も引き、楽になると思いますよ。わたくしのそばで、そなたもちょっと横におなりなされ」

於根がかすれた力ない声で娘にすすめた。

彼女の父は奈倉（なくら）式部といい、知恩院に寺侍として仕えていた。父母の死後、兄があとを継いだが、その兄も蒲柳（ほりゅう）の質で、於根が大森庄大夫と祝言を挙げてほどなく病没した。

大きく息をつき、そっと目をつむる於根の眼裏（まなうら）を、両親と兄の姿がかすかに横ぎり、つぎに夫庄大夫の顔が浮かびあがってきた。

かれが哀しそうな表情で自分に話しかける。

「於根、そなたを幸せにしてやれずにすまなんだ。わしが苦労をかけつづけたうえ、いまはまた病んでいるのか。すまぬことじゃ。どうぞこらえてくれ」

「あなたさま、なにを仰せられまする。わたくしはあなたさまがお授けくださいました左内どのや伊勢に孝養をつくされ、幸せでございます。ご心配いただかなくてもようございますよ」

「ならばよいが、左内や伊勢に面倒をかけていることに変りはない。二人とも、いまだそなたみたいな良き伴侶にめぐまれず、わしは気掛かりじゃ。もしかなえられるなら、わしはそなたたちの許にもどり、何か一つでも果たしてやりたい」

「今更、詮ない愚痴をもうされ、いかがなされました。左内どのや伊勢には、嘆かせるゆえもうせませぬが、わたくしの方こそ、一日も早くあなたさまの許にまいりとうございまする。近頃、そればかりを念じているのですよ」

「おお、いまでもわしの身をそうまで思っていてくれるのか。ありがたい。わしは蓮の台を空け、そなたがくるのを待っているぞよ。来てくれるのであれば、一日でも早くいたせ。いや、やはり無理をもうして相すまぬ」

「なんの、あの世とこの世に隔てられているとはもうせ、お互い夫婦ではありませぬか。

あなたさまにお逢いできますゆえ、わたくしは死ぬるのが愉しみ、いささかもご無理をもうされてはおりませぬ」

「されば、わしは当てにいたしているぞよ。そなたが来てくれるとなれば、髭も剃らねばなるまい。むさ苦しいと嫌われたくないからのう」

庄大夫が於根の朦朧とした意識のなかで、おだやかに微笑した。

彼女の高熱は、それから六日の朝まで二日二晩にわたり、引いたりまた高くなったりしてつづいた。

だが六日、祇園会宵山の昼前、不思議に平熱にもどった。

床の上に起きあがり、伊勢が炊いた粥を椀で半分も食した。

「伊勢、この分なら母上さまのご本復はもはや疑いなしじゃ。薬効があらわれてきたのであろう。今日は宵山、そなたとて若い娘。昼すぎからすでに盛観になる町のにぎわいぐらい見たかろう。はてさて、どなたさまが整えてくだされたやら、桶屋の仁吉どのが持参くださった新しい着物でも身にまとい、祭り見物に行ってまいれ。おむかいのお糸どのからお誘いをうけていよう。母上さまのお世話はわたしがいたす。山鉾巡行の先達、長刀鉾は、疫病邪悪を払うともうすではないか。母上さまのおためにも長刀鉾を拝してまいれ」

大森左内は、仁吉がひそかに届けてきた単について、心当りがないといったが、鎰屋の以茶の厚意ではないかと思っていた。

かれの胸のなかで、以茶の顔が熱くうるんで見えた。

「兄上さまのおすすめに甘え、それでは山鉾見物にまいらせていただきまする」

身仕度を終えた伊勢が、表の部屋で「楊柳観音像」の唇に朱を加えている左内に手をつかえたのは、八つ（午後二時）すぎだった。

路地をへだてたむかいから、お糸の気配が届いてくる。

「ああ出かけてまいれ。母上さまは心地よさそうにお眠りじゃ。その着物、まことそなたによう似合うておる。何事もないと思うが、お糸どのの仰せにしたがい、くれぐれも気をつけてまいるのじゃぞ」

左内は尊像から絵筆を少し遠ざけ、伊勢にいった。

――観音さまのお顔は、やはり鎰屋の以茶さまに似ておいでになる。

お糸と並んで長屋の木戸門をくぐり、伊勢は胸裏で二つをまたくらべた。

「親分、左内の妹が出てきよりましたで。あの単、菱屋の仕立て物どっせ」

遠くから長屋を見張っていた島蔵の子分源八が、小声で告げた。

「ちがいない、色柄とも菱屋の端切れとおんなじや。兄であろうが妹であろうが、これで不義の現場を押さえたも同然じゃわい。こん畜生、左内のところを家探しすれば、婆の絽とやつの着物が出てくるにちがいない」

「あれは宵山の山鉾見物に行くつもりどっせ」

「あたりまえよ。人ごみのなかで近づき、もっとはっきり確かめるんじゃい」

邪悪にゆがんだ目を、島蔵はきらっと光らせた。

第四章　道ならぬ恋

一

祇園まつりがすむと、京は盛夏になる。

連日猛暑がつづき、鎰屋(かぎや)では一時、店先に姿をみせるまでになっていた主の宗琳(そうりん)が、この暑さでまた身体を弱らせ、再び店の商いから遠ざかっていた。

「もうわたしも歳なんやろか。この春は風邪をこじらせて寝つき、今度はこの始末や。人間、生き甲斐を持たなあかんのやろか。栄次郎が店をしっかりやっていてくれるさかい、気がゆるんだのかもしれまへんなあ」

宗琳は、老女のお民が長崎造りの硝子(びいどろ)鉢にうかべ持ってきた素麺(そうめん)を、杉箸(すぎばし)ですくいとり、前にひかえる彼女にたずねかけた。

日本で硝子（ガラス）の製造は弥生時代にはじまり、各地の住居跡から装身具とされた小玉が発見されている。上代、孝徳天皇の時代、朝廷に典鋳司（いもじのつかさ）が置かれ、ここで鉛ガラスの黄色、淡青色、緑色などの「瑠璃（るり）」が作られていたという。平安から室町時代にかけては空白期で、せいぜい寺院に所属する仏師たちが、仏像を飾るガラス玉の瓔珞（ようらく）を手がけるくらいだった。江戸時代、硝子器製造は長崎から本格的にはじまり、酒器（しゅき）のほか鉢や碗、蓋物（ふたもの）などが、京大坂でも作られるようになってきた。

宗琳が箸を運んでいる緑色の硝子鉢は、新しもの好きな千寿（ちず）が、芝居見物のもどり、大坂の江戸堀で宗琳のため白色のと二つ求めてきた品であった。

「これに素麺を入れたら、お父さまの食（しょく）がすすみまへんやろか——」

「こんな高価な硝子鉢で、食べていただきますのどすか。過って割りでもしたら、それこそ番町皿屋敷のお菊さまどすがな」

「そんなんかましまへん。硝子鉢はお金で買えますけど、お父さまのお命はそうはいきまへん。お房はんやお妙にも気楽に扱こうてもらいなはれ。割れたらうちがまた買うてきますさかい」

千寿が屈託のない表情でいった。

彼女は誰の目にも気儘にしているように見えるが、お民だけは、千寿は彼女なりに父親の健康を気遣っているのだと確信をもっていた。

「大旦那さま、なにを気弱をいわはりますねん。毎日この暑さ、みんな暑気に当てられてますえ。お店の商いの方は別として、大旦那さまのこれからの生き甲斐は、お店さまが赤児をお産みやすのと、千寿さまをどこぞへお嫁入りさせることとちがいますやろか。そないに暑さをお厭いどしたら、高台寺のお家でおすごしになるか、それともいっそ、貴船か清滝にでもお出かけやしたらいかがどす。このお民がお世話のため、お供いたしますさかい」

彼女は団扇で風を送り、盆に箸をもどした宗琳に相談をもちかけた。

つい数日前、以茶も同じ暑気逃れをすすめた。

だが宗琳は、言葉を濁しうなずかなかった。

店の商いはともかく、以茶と栄次郎の関係がどうも気掛かりで、高台寺の寮どころか、家を留守にする気にならなかったのである。

夫婦仲がこじれているのに気付いたのは春すぎ。祇園まつりのあと、それが一段とはっきり感じられた。

以茶にせがまれた通り、栄次郎には〈女事〉に口出ししてはなりまへんと強く説いておいた。入り婿とはいえ、店の経営に当たるかれには、あれが不満なのだろうかと、おりにつけ思案にふける。とはいえ、〈女事〉が商家だけでなく、一般の家庭にもきわめて大切なことは、栄次郎も十分わきまえているはずであった。

世の中には醜いほど吝い男がいるものだ。栄次郎をそれと同列に考えたくないが、鎰屋の身代を守るため、かれは偏狭になっているのではないか。それとも、貧しい暮しや卑屈なお店奉公から自ずと身についた吝嗇だろうか。商人が銭を惜しむのは当然だが、それも度をすぎれば、世間を狭くし、やがては利からも見放される。

宗琳は、吝嗇のため人からも世間からも見放された人々をたくさん目にしてきた。

金を惜しむときは惜しんでも、遣うときは綺麗に遣ってみせる。それが商人ばかりではなく、人としての要諦であり、やがては確固とした信用や信頼を世の中に作りあげるのだ。

「截ちおとしの紙は、わたしがうっかり売り払うてしまいましたけど、これから鎰屋の女事には十分に気をつけさせていただきます。今度だけは堪忍しとくれやす」

――栄次郎は両手をついて謝ってくれたが、わたしは醜い吝嗇を手堅さと見誤り、栄次郎を婿に選んでしまったのではなかろうか。

ときどき宗琳は、自分にむかい問いかけてもいた。

老女のお民は、以茶が赤児を産むのが生き甲斐の一つになるといっている。だがお民は、以茶と栄次郎が閨（ねや）を別にしているのを、すでに知っているはずであった。

一つ屋根の下で暮していれば、自分にでも夫婦仲の歪みぐらいわかる。老女として以茶につかえるお民に、察せられないわけがなかろう。

子供は夫婦の鎹（かすがい）ともいう。

彼女が以茶と栄次郎の不仲を案じるあまり、赤児さえ生れたら二人の仲が睦まじくなるのではないかとの願望を、言葉にしたのだとすれば納得できる。

自分の顔をじっとみつめるお民から、宗琳は視線を坪庭にそらし、肩を落として深いため息をついた。

「大旦那さま、うちがお気にさわることをなにかもうしたんどしたら、なにとぞ、許しとくれやす」

彼女が顔色を急に翳（かげ）らせて詫びた。

坪庭では朝顔の花がしぼんでいる。

以茶やお民が丹念に水をやるせいか、猛暑にもかかわらず、燈籠のまわりに蒸しついた青苔だけが生き生きとしていた。

宗琳はまたふうっと大きくため息をもらした。

「大旦那さま――」

おそるおそるお民がまたかれに声をかけた。

「お民、おまえにもなにかと気を遣わせすまんこっちゃ。そやけどおまえかて、栄次郎の奴と以茶が寝間を別にしているのは知ってますやろ。わたしに気休めなんぞいうてくれんかてええ。おまえの意見もたずねんと、栄次郎を鎰屋の婿にしてしもうたわたしが、間違っていたのかもしれんなあと、いまもまた思うてたとこなんどす」

坪庭から視線をもどし、宗琳がお民の顔を見すえた。

不意をつかれ、お民の表情に狼狽が走った。

「お、大旦那さま、老女分の勤めも果たさんと、蓴菜なことというて堪忍しとくれやす。うちかてなにも知らんわけではおへん。それは毎日気に病んで気に病んで、どうすればええのやろと思うてますねん」

「おおきに、おおきに。ほんまにすまんこっちゃ。それはわたしも同じじゃわ」

蓴菜は睡蓮科の多年生水草。池沼に自生し、水中にうかぶ若い葉は粘液におおわれ、ぬるっとしている。京では吸い物につかわれるが、ぬるぬるしてとらえがたいため、〈いいかげんな〉という意味をもち、曖昧な人物を称して〈じゅんさいな奴〉ともいうのである。

「大旦那さまにわかっていただけ、お民もほっといたしました」

「それやったらおまえに改めてたずねるけど、あの二人にいったいなにがあったんどす。わたしの見たところ、以茶は店の者にも世間さまにも、栄次郎を十分立てて気をつけて仕えてます。これは親の欲目かもしれまへんけど、婿養子とはいえ、栄次郎にはなんの不足もないはずや。そやけどそれはこっちのいい分で、栄次郎には栄次郎の人にもいえん不満があるのかもしれまへん。これからどうすればええのか、もしおまえに考えがあるんなら、それも合わせてきかせてくんなはれ」

宗琳は腹をすえて口を切った。

二人が祝言を挙げてから、ほどなく二年半になる。普通なら初孫の顔をみていてもいい歳月であり、波風を感じさせるどころか、家内に赤児の声をきき、和気藹々としているはずであった。

「そのおたずね、うちの目から見ても、以茶さまにはなんの落度もあらしまへん。それは大旦那さまと同じでございます。そやけどそれ以上は、ご夫婦のことどすさかい、うちにもわからしまへん」

困惑の色をみせ、お民は語尾を弱めた。

だが彼女は宗琳に告げないだけで、以茶が栄次郎を、もはや嫌いつくしているのをはっきり察していた。

もともとお民は、栄次郎を婿にとるのには、内心反対だった。栄次郎どんだけはやめとくれやすと、宗琳に懇願したかったほどであり、かれの実家の母お粂や兄弥市の対応にも、そのつど腹にすえかねてきた。

以茶の気持は、船屋町の店子大森左内に明らかに移っている。一時、店賃を実入り払いにしたほか、自分には一言の相談もなかったが、彼女が桶屋の仁吉をへて、大森家の困窮に救いの手をのべていることも、すでに気付いていた。

あれは以茶が生れながらにもっている慈悲の心からのものではあるまい。慈悲や同情から発展した愛情からで、妙齢の女子として好きな男に尽くす行為であった。

子供のころから以茶に仕えてきただけに、彼女の懊悩はお民にも察せられる。以茶はときどき、自分にも無断で家を空けている。

しかし、とりたてて何が起こっているわけでもなく、自分の憶測だけで、とても宗琳に告げられる事柄ではなかった。

以茶の悩みが深まり、どうにもならなくなれば、いずれ自分にも相談がもちかけられる。そのときは、自分の裁量や器量で助力するとしても、いまうかうか宗琳の相談に答えるべきではない。彼女は真剣な目付きで自分をみつめる宗琳に、心のなかで詫びながら、つとめて平静をよそおった。

「おまえがそういうんどしたら、そら夫婦仲のことや、心配でもしばらくじっと見てなしょうがないかもしれまへん。栄次郎にいうべき苦情は十分にいうておきました。夫婦喧嘩は犬も食わぬ、夫婦喧嘩と谷川の濁りはじきにすむ、ともいいますさかいなあ—」

「まったくその通りでございます。大旦那さま、以茶さまにはおりをうかがい、うちが塩梅ようたずねさせていただきますさかい、どうぞ気楽にして、貴船にでも清滝にでもお出かけくだはりませ。なにより大旦那さまのお身体が大事ではございまへんか」

お民はいくぶん落ちつきをとりもどし、硝子鉢をおいた盆を、手許に引きよせた。

それでも新しい不安が、彼女の胸に暗く重くのしかかっていた。

「おおきに。いまからでもそうさせてもらいたいけど、まあそれはやめときますわ。二人の仲を案じていては、どこに行っても落ちつきまへん。それに明日は死んだお千代の月命日どすさかい、上品蓮台寺の大慈院から、栄寛和尚さまが供養においでくださいますやないか」

「ああ、そうどした。先刻、以茶さまがご挨拶のため大慈院さまへお出かけになるのを、お見送りしたばかりやいうのに、それをすぐ忘れてしもうて。うちこそ歳どっしゃろか」

「以茶が大慈院さまへ行ってくれたのか」

母親の月命日を迎えるたび、以茶は上品蓮台寺の大慈院に、粗菓をたずさえ自分で出かけるのである。

「へえ、おひさをお供にお連れやして」

「こない暑い盛りに、それはご苦労なこっちゃ。なんやったら清左衛門にでも行かせたらよかったのに」

宗琳は坪庭に再び目をむけ、少し首を傾け、空のようすをうかがった。

「うちが気をきかせんとすんまへんどした」

「いやいや、謝ることではあらしまへん」

「大慈院さまからおもどりやしたら、仏壇のお掃除をするというていかはりました」

その仕度のため、お民は宗琳の居間から辞していった。

　来る人もなく草の立つ夏の墓

当日、鎰屋以茶は上品蓮台寺でこの一句を詠んでいる。

上品蓮台寺は、京の北、船岡山の西、俗にいう〈西陣〉の一画に、大小の伽藍や塔頭をならべている。真言宗智山派に属し、本尊は延命地蔵菩薩。蓮華金宝山と号し、九品三昧院・十二坊ともいわれた。

寺伝は聖徳太子が母の菩提寺として開き、宇多法皇が中興したといい、弘法大師建立との伝もあるが、法皇の弟子寛空が勅命で創建したと考えられる。

『扶桑略記』寛和三年二月の条は、四年前、宋船で入宋した奝然が帰国し、釈迦如来像一軀と摺本一切経などを同寺に運んだと書いており、このとき尊像を運ぶ行列を拝して結縁をむすぶため、京中から大勢の群衆が朱雀大路に集まったと、『小右記』（寛和三年二月十一日条）にも記されている。

三年後、この釈迦如来像は嵯峨野の清凉寺に移され、近年、胎内から五臓六腑の貴重な資料や古記録などが発見され、評判になった。

同寺は応仁大乱のおり、戦火で焼けたが、豊臣秀吉の帰依をうけて再興され、寺領百十石と境内に十二子院を得たうえ、洛陽地蔵四十八願の第十番として、庶民の信仰をあつめた。

同寺が営まれたこの洛北蓮台野は、平安時代から東山の鳥辺野（とりべの）とならぶ葬野（そうや）とされ、寂野（さみしの）——という美しくもはかない名前でよばれた時期もあった。

鎰屋以茶が小女のおひさを供につれ、訪れた大慈院の住持は、当時栄寛上人。かれは東寺長者栄遍（えいへん）の高弟として、金胎（こんたい）両部の大法、護摩法、諸尊の別行儀軌などをおさめ、人柄がまるく気さくなところから、諸庶に慕われていた。

かれはときどき塔頭の大慈院から、町中（まちなか）に用達しにくる。

そのついでに、ふらっと檀家の鎰屋にもやってきた。

「腹がへった。茶漬けを食わせてもらいたい」

「あそこの町辻に、業病（ごうびょう）にとりつかれた哀れな物乞いがおった。銭をやろうと思うたものの、生憎（あいにく）、一文も持ちあわせておらなんだ。すまぬが、多くでなくてもよい、誰かひとっ走り銭をやりにいってはくれまいか。借用証文ならどれだけでも書かせてもらうわい」

冗談をまじえ、栄寛はまるで「竹林七賢図」に描かれた阮籍のような顔で哄笑した。

竹林の七賢とは、中国の三国時代魏の末期、河南省北東部一帯の竹林に集まり、酒を飲み、琴を弾き、清談を行なっていた七人の人物をいい、嵆康と阮籍が中心をなしていた。そのころ中国は魏と晋の交替期。政情が不安で災禍が多く、社会には偽善がみちていた。阮籍たち七人は、儒教道徳の偽善性に反抗し、竹林におけるかれらの遊びは、自由な精神をもとめる象徴的な姿であった。

翌日の四つ（午前十時）すぎ、栄寛は以茶がさしむけた駕籠に乗り、磊落ないつもの顔をのぞかせた。

「これはこれはご住持さま、よくおいでくださいました」

店先に駕籠がおろされたのを、暖簾ごしに認めた栄次郎が、草履を素早くひろい迎えに出た。

「栄次郎どの、すっかり鎰屋の若旦那ぶりが板につかれたのう。はなはだ幸甚じゃ」

栄寛は、つづいて奥から現われた以茶に導かれ、鎰屋の仏間に入り、半刻ほど仏を供養するため「大般若経」をあげた。

荘重な声が店棟にも流れてくる。

紫衣に金襴（きんらん）の袈裟をかけたかれの後ろに、宗琳と以茶が並んで坐り、さらにやや間隔をおいて、栄次郎と千寿がひかえていた。

このあと栄寛は、座敷に場所を変え、以茶の給仕で斎（とき）を供されたが、相伴（しょうばん）する一家の雰囲気がこれまでとちがうのをそれとなく感じた。

特に以茶と栄次郎の短い会話が、なにか固くきこえた。

精進料理を運んでくる老女のお民が、若夫婦を眺める目付きも、ひどく気遣わしげだった。

二

送り火や別れを告げる柴の門

京の夏の終りを彩る大文字の送り火は、七月十六日。当夜、鎰屋以茶は自分の手控帳にこんな句を記した。『都名所図会』は、「此文字（この）跡に雪つもりて洛陽の眺となる。これを雪の大文字とぞいひ侍る」と冬の情景を伝えている。

旧暦七月十六日、この年新暦では九月四日。毎年、送り火がすむと、京はにわかに秋めいてくる。

鎰屋は顧客をもてなすため、先斗町の四条上ルに店を構える料亭「柳屋」を用いていた。

「ごめんやしとくれやす」

柳屋の手代茂七が、鎰屋にやってきたのは昼前だった。

「おや、柳屋の茂七はんやおへんか――」

ちょうど帳場に坐っていた栄次郎が、目ざとく茂七の姿を認め、そろばんを弾く手を止め、腰をうかせた。

「わたしにご用でもおありどすのか」

栄次郎は用ありげな茂七の顔に目をむけ、帳場から土間に近づいた。

「毎度、ご贔屓にしていただき、ありがとうさんでございます。若旦那さまにちょっとお言付けがおまして、参上させていただきました」

茂七はなぜかまわりをはばかり、小声で栄次郎に告げた。

「なんどすやろ」

これに答え、茂七は栄次郎の耳許でなにかささやいたが、その声は店で客に応対する大番頭の清左衛門や手代の新助たちにはきこえなかった。

「ようわかりました。ご苦労さまどしたなあ。ちょっと待っとくれやっしゃ」

栄次郎は急いで帳場にもどり、小銭をおひねりにして茂七ににぎらせた。

「一刻ほど柳屋にでかけてきますさかい、わたしに急用がおましたら、徳松か卯之吉でもよこしとくんなはれ」

いったん、奥に消え、羽織りを着て再び現われた栄次郎は、清左衛門にあとを頼み、店から出ていった。

「どうぞ行ってきておくんなはれ」

「気をつけておかえりやす」

清左衛門や丁稚の徳松たちが、一斉に声をかけ、店先に腰かけていた客たちが、横目でかれの後ろ姿を眺めた。

「真昼間から結構なご身分や」

卯之吉とむき合い、店の隅で土佐の御用紙をそろえていた新助が、ちえっと舌を鳴らし、小声でつぶやいた。

「手代はん、なんどっしゃろ」

卯之吉が相手だけにきこえる声でたずねた。

「使いにきたのは柳屋の手代や。店の用にはちがいないけど、ひょっとすると、それはこれかもわからへんでえ」

新助もまた卯之吉にやっときこえる声でいい、小指をちらっと立ててみせ、意地悪い笑みを目許にうかべた。

「そんなん、てんご（冗談）いわんときやす」

「あのどけちが、柳屋の手代におひねりをやりよったのが、そもそもおかしいやないか。おまえはそれを変やとは思わへんのかいな。あいつが鎰屋の婿に入って二年半、すっかりこの店に根を張りよってからに。そろそろそんな事を起こしそうな時期やわいな。あいつ、お店さまに隠れ、浮気でもしててんのとちがうか。このごろ、店の奥むきがちょっと変やがな」

奉公人たちは、すでに以茶と栄次郎の仲違いに気付いていたのである。

かれの浮気が本当で、いっそ店から放り出されたら、どれだけ溜飲が下がることやら。

新助は独り胸のなかで考えつづけた。

柳屋の手代茂七は、おひねりをにぎらされた手前、御池・東洞院の町辻で、すぐ寄せてもらうと答えた栄次郎を待ちうけていた。

「なんや、わたしを待っててくれたんかいな」

根が手代上がりだけに、栄次郎は相手の追従とはわかりながら、悪い心地ではなかった。

「へえ、すぐ行くといわはりましたさかい。ではお供させていただきます」

茂七は、御池通りを東に急ぎだした栄次郎の後ろにまわり、慇懃な物腰であとにつづいた。

御池通りは寺町通りで本能寺に行き当たる。

二人は右にまがり、寺町通りを下にむかい、三条を東にすすんだ。

ときには、行きちがう人々が二人に目をやる。柳屋の離れで待つ島蔵の用件は不快だが、かれらの視線は栄次郎を十分満足させている。

だがその不快も、つきつめて思案すれば、自分にとり、かえって福に転じる禍いかもしれなかった。

島蔵が、闖を別にした以茶の意図、ありていにいえば、彼女と大森左内の不義密通を、確実につかんでの呼び出しなら、いっそどれだけよかろう。証拠を以茶につきつけ、世間には表沙汰にしないまでも、宗琳と彼女から詫び証文をとりつけ、事実上、鎰屋を支配できるからである。

「禍福はあざなえる縄のごとしか――」

かれは顔に薄ら笑いをにじませ、思わず口に出してつぶやいた。

「鎰屋の若旦那さま、いまなにかいわはりましたん」

高瀬川を渡ったところで、後ろから茂七にたずねられ、栄次郎は心のなかであっと悔んだ。だが顔は見られていないはずだ。

「い、いや、わたしはなんにもいうてしまへん。茂七はんの空耳とちがいますか」

大きな企みが、かれを上手にとぼけさせた。

高瀬川と鳴川の水の匂いが、栄次郎の意識を急に冷たくさましてきた。

自分がここで冷静にならなければならない。禍を福に転じさせるには、以茶が大森左内一家に夏着をこしらえてやった事実や、また新たにきかされるはずの事実にも、冷徹に対し、緻密な計算にしたがって動き、自分の野心を誰にも、少しでも覚られてはならないと臍を固めた。

「おいでやす。お呼びたてしてすんまへん」

両端に塩を盛った粋な小門をくぐり、水をまいた敷石をたどり、柳屋の式台に達する。

中古伝世の山水図を衝立屏風に置いた玄関座敷のかたわらで、柳屋の女将が栄次郎を出迎えた。

京の店舗は、料亭でも入口はせまいが、奥は意外に広く、贅がこらされている。

「わざわざ茂七はんを使いにさしむけていただき、すんまへんどした」

栄次郎は履物をぬぎ、拭板敷から玄関座敷にあがった。

「なにをいうといやすな。島蔵の親分さまが、是非に早うとおいいつけやさかい、茂七を走らせただけどす。毎度、ご贔屓にしていただき、ありがとうさんどす」

柳屋の女将は、如才なく栄次郎に礼をのべ、庭木と石を巧みに配した長廊沿いの庭を右手にみて、かれを離れにと案内した。

築地ごしに東山の連嶺がのぞいている。

その上の空は、早くも秋の気配をただよわせ、女将が声をかけて襖を開けた座敷の床には、花籠に桔梗の花が活けられていた。

「鎰屋の若旦那――」

「島蔵の親分、ご苦労はんやったなあ」

栄次郎は、四脚膳の前の座布団から退き、かれに目礼を送ってきた島蔵にねぎらいの声をかけ、その前に坐った。

「遠慮なくやっとくれ」

「へえ、お言葉に甘え、ご馳走にあずからせてもろうてます」

膳の上には、お造り（刺身）や和物（あえもの）の小鉢などが並び、銚子が二本置かれていた。

「女将、わたしは店にもどってまだ用がありますさかい、お薄（薄茶）と干菓子（ひがし）でええわ」

栄次郎の言葉にうなずき、柳屋の女将が襖を閉め、ひそやかに遠ざかっていった。

「まあ飲んどくれ。世話かけたなあ。それでまたなにか、以茶について怪しいことでもわかったんか」

かれは銚子をつかみ、島蔵にすすめてただした。

「おおきにおおきに。若旦那に酌をさせては罰（ばち）が当たりますがな。わしよか、若旦那も一杯ぐらいいかがどす」

「そんなことはどうでもよろし。それより話の方が先やがな」

「ごもっともどすけど、わし、なんやもっと酒でも入らないいにくうおすわ」

島蔵はこれ幸いと、栄次郎にさらに酒をねだっているわけではなかった。

酒に酔いでもしなければ、舌が逡巡する。

前回、以茶が出水の菱屋でこっそり夏着を三枚こしらえさせ、大森左内に贈った事実を確かめ、それを忠義面で耳打ちしたとき、栄次郎は顔色を変え、島蔵をにらみつけた。そしてしばらくわなわなと身体を震わせていたが、激情を強いて抑えたのか、乾いた声で島蔵になのか、自分自身にいいきかせているのか、気を落ちつけなあかんとぶつぶつぶやいた。

「わたしにはもうおまえだけが頼りや。これからわたしが鎰屋の婿でいるかぎり、決して悪いようにはせえへんさかい、以茶と大森左内の関係を徹底して探っとくれ。金はどれだけかかってもかましまへん。わたしを入婿とあなどり、甘う見て虚仮にしおってからに。わたしかて不義密通の証拠をしっかりつかみ、父娘二人を這いつくばらせてやるさかい。肝に刻んでおぼえてけつかれ。そやけど、これはわたしにとって千載一遇のことかもしれへん。そや、不義密通がなんやな。なんぼでもしたらええがな。いっそ勧めたいくらいやわ。そうなれば鎰屋の身代はもうこっちのもんや。あとで妾でも妾なといくらでもこしらえたるわいな」

つぶやきながら、栄次郎がしだいに落ちついてくるのを眺め、島蔵もほっとした。

だがそんなことが前にあっただけに、かれはもっと酒の勢いを借り、自分が新しくつかんだ不義密通の状況証拠といえる事実を、栄次郎に告げたかったのである。

栄次郎が以茶の不義密通を逆に利用し、鎰屋の乗っとりを考えたのは、前回、島蔵から彼女の行為を耳打ちされたときからであった。

夫婦が互いに胸にためている嫌悪感や悪意は、急速に二人に隔意をもたらし、寝室を別にすることは以茶の口からいい出された。

これも不義密通の証拠の一つともなる。

「もっと酒に酔わないえへんのやったら、どれだけでも飲んだらええがな」

栄次郎はお薄を持ってきた柳屋の女将に、もう二、三本熱燗を親分にと注文した。

「さあ、これでいえるやろな。どんなきき辛い話でも平気やさかい、仔細にいいなはれ」

以茶が左内一家に夏着をこしらえてやったとの話を島蔵からきかされたあと、栄次郎はかれに五両の金をにぎらせていた。

鎰屋をわが物にするためなら、あと百両、二百両出してもよかった。

「へえ、若旦那に気をもたせるため言い渋っているわけではおへんけど、わしも手下に使うている源八と一緒にあれこれ探り、ほんまにびっくりしましたがな。若旦那、まあ驚かんときいておくれやっしゃ。扇屋の描絵仕事をもらえんようになった左内が、絵屋の仕事に変ったところで、ろくに食べていけるはずがおまへんやろ。それに気付き、絵屋に当たってみましたのやがな。そしたら案の定どした。では左内はどうしてお飯を食い、病気のお袋を医者にみてもろうてるのか。そこが大いにけったいどっしゃろ。調べあげるには、それは難儀をしましたわいな」

島蔵の話に、栄次郎は一つひとつ深くうなずいた。

島蔵は絵屋に当たりをつけ、それから船屋町の長屋に改めて探りを入れ、わずかな噂話から羅宇屋の又八を脅し、事実をつかんだのであった。

「能書きはどうでもよろし。それで肝心なところはどうなんやな」

「そこどすがな。まあ調べあげて驚きましたえ。若旦那、きいて怒鳴らんとくれやっしゃ。実は鎰屋のお店さまが桶屋の仁吉の手を通して、暮しの金を大森左内にやっておいでやしたんどすがな。世間体をはばかり、その金のなかから店賃はとどこおりなく支払う。これはいわば若旦那ばっかしやのうて、鎰屋の大旦那さまをも欺く密かごとどすわ。下世話にいうたら、男に貢いではるんどすわ」

以茶の不義密通を逆手にとり、鎰屋の身代をわが物にと企む栄次郎も、さすがに島蔵の話でまた身体が震えてきた。

貸家や長屋の店賃は、〈女事〉とはいえ、すべて鎰屋の身代。だがそれを曖昧にするのは、まあ許すこともできる。しかし左内に金品まで貢ぐのは、いくら以茶が慈悲深い質としてもやりすぎだ。誰にもいいのがれできない不義密通の証拠だといえよう。以茶と左内はどこで逢い引きをしているのか。彼女は供もつれずに出かける日が再々ある。二人が身体を重ねられる出会い茶屋や煮売（料理）茶屋は、市中のどこにもみられた。

ここで江戸時代の京の遊び場についてちょっと触れてみよう。

寛文十年、京都所司代は鴨川の改修を行ない、祇園新地が設けられ、また新河原町筋の人々に茶屋免許が与えられ、先斗町遊里のもとが成立した。

これをはじめに、二条新地、七条新地などがつぎつぎと開発され、正徳二年に新河原町通三条と四条の間に茶屋株、旅籠株が許され、享保二年、七条新地に煮売茶屋六十軒、同十九年には、二条新地に旅籠屋、茶屋渡世の免許がそれぞれあたえられた。

北野遊廓で知られる内野三番町、四番町、五番町に、煮売茶屋の免許が下されたのも享保年間で、茶屋渡世は色茶屋とも称され、当然、遊女がましき女性たちを置いていた。

こうした新地の設置と繁栄は、幕府公認の有名な「島原遊廓」に、急速な衰退をまねく結果となった。

島原は都心部から遠く、通うに不便で、洛中の各地にできた新地が、嫖客や密事をかさねる男女の客を完全に奪いとってしまったのである。

享和二年秋、京にきた滝沢馬琴は『羇旅漫録』に、「島原の郭、今は大におとろへて、曲輪の土塀なども壊れ倒れて、揚屋町の外は、家も、ちまたも甚だきたなし。太夫の顔色、万事祇園にはおとれり（中略）、京都人は島原へゆかず。道遠くして往来のわずらはしきゆゑなり」と、島原遊廓の衰退をみた驚きを記している。

この衰退に島原遊廓の長老たちは鳩首をかさね、郭内上之町に芝居小屋を建てたほか、西にも門を設け、また一般の女性にも見物料をとり遊覧を許した。だがその流れはもはやとどめられなかった。

京が急速に遊楽、行楽の町と化してくるのは、ちょうどこの時期からで、高台寺は拝観料を一朱、金閣寺は十人で銀二匁をとって見物を許したと、画家の司馬江漢が『西遊日記』に書いている。有名寺院はこぞって拝観料をとり、山内寺宝の公開を行ない、現在でいえば観光寺院の形態を示しはじめたのであった。

「畜生、以茶はあいつに金まで貢いでいよったんやな。わたしに内緒でようもそないな悪さができたもんや。これはもう不義密通疑いなし。どないしてこまそう」

栄次郎は歯をきりきりとかみ鳴らしてつぶやいた。

出会い茶屋や煮売茶屋の暖簾が、かれの胸裏をかすめ、紅絹の布団の上でからみ合う二人の生々しい姿が、眼裏にはっきり浮かんでくる。

だが口では罵倒してみせたものの、この一事で自分の目論みが確実になってきた。以茶が大森左内との不義をどれだけ否定しても、自分だけでなく、貢いでいる金額やその事実を世間がありのままに知れば、彼女の不利はきまりきっていた。

「若旦那、気持を落ちつけておくれやすな。大仰にお騒ぎやしたら、誰の口から悪い噂が世間にもれるかわからしまへん。そしたら谿屋の信用にも傷がつき、あとが難儀になりまっせ」

酒量とは裏腹に、島蔵は醒めた口調で、激昂する栄次郎に道理を説いた。

しかし栄次郎の怒りはいわば見せかけ、島蔵にも明かせないが、内心はひどく冷静であった。

「島蔵の親分、それくらいわたしにかてわかってます。心配してくれんかてええ」

「そんならよろしゅうおすけど、これも考え方次第では、若旦那には願ってもない慶事になりまっせ」

島蔵は栄次郎の腹の底を見透かすように、盃を持ったまま、下からかれの顔を卑屈な目で眺め上げた。

「お、おまえ、わたしになにをいいたいのやな」

「いいえ、たいして変なことをいうてしまへんえ。若旦那の腹ん中の気持をありのままになぞっただけどすがな。以心伝心といいまっしゃろ。さらに遠慮せんとつづけさせてもらえば、今度のことは、若旦那独りではなんとも探り出せしまへんえ。若旦那とこのわしの二人が、互いに胸ん中を打ち明け合い、仲良うやっていかなならん大仕事、一生気楽に食うていけるかどうかがかかっている瀬戸際やと、いいたいだけどすわな」

島蔵の話をきく栄次郎の顔が改まった。

相手は自分の意図を正確に読みとっている。急に気持が冷え、油断ならぬものを感じた。

「お、親分、そ、そんなん――」

「若旦那、誤解せんとくれやすか。わしはなにも若旦那を強請（ゆす）っているわけではおまへんで。若旦那が鎰屋の身代を自由にでけたら、わしもいまよりもう少し、鎰屋へ自由に出入りさせていただけるほどの意味を、いうただけどすがな。大袈裟に驚かれると、なんや何をするのもあほらしゅうなりますわいな」

言葉のやりとりでは、直接、人間の本質に触れ、世間の表裏をつぶさに眺めている島蔵の方が、役者は一枚も二枚も上手だった。

「親分、すまんこっちゃ。わたしの方こそ誤解せんといてほしいわ。いつもいうてるけど、わたしが頼りにするのは親分だけ。今日のところはまあこれまでとして、わたしは以茶の奴と大森左内が密通してる現場をつかんでほしいねん。いままでの話でも十分やけど、どうしても現場を押さえて埒をあけたいのや。親分、そこんとこはどうやろ」

「そらあ、それにこした詰めはおまへん。若旦那のお気持はようわかりました。その代り、あとあとまで面倒をみておくれやっしゃ」

「それはわたしも分別してます。末長う決して悪いようにはせえしまへん」

「そしたら、わしの息のかかっている手下を一人二人、お店さまと左内の奴に張りつけまひょか」

「おお、そないにしてくれるとありがたいなあ。是非ともそうしておくれやす。これは当座の費用や」

栄次郎は懐に手を入れて財布を取りだし、島蔵の前にまた十両の金を並べたてた。

ちょうどその時刻、大森左内の母於根の容体が急に悪化し、息を引きとっていた。

島蔵と別れ、鎰屋にもどってきた栄次郎に、女中頭のお房がさりげなく近づき、そっと耳にささやいた。

於根の死去を以茶に知らせてきたのは桶屋の仁吉。彼女は長屋へ弔問に出かけるため、いま部屋で仕度をととのえているそうであった。

栄次郎は以茶のようすを確かめようと、彼女の部屋に近づいた。

胸に不逞な野心を抱いていても、弔問にしろ、妻が心を寄せる男の許に出かける用意をしているのを知れば、夫として心はおだやかでない。かれは断りの言葉もかけず、以茶の居間の襖をいきなりさっと開いた。

「だ、だれどす、失礼な――」

以茶は声を尖らせて咎めたが、相手が夫の栄次郎だとわかると、さらに表情を険しくさせ、かれにぷいと背をむけた。

白襦袢の紐を結び、地味な藍の着物をまとったところで、一瞬、栄次郎の目に以茶の腰部が艶いて映った。

むらっとした欲情が、かれの思慮を惑わせた。

「以茶、どこに行きますのや」

かれは後ろから彼女に抱きつき、右手を襟許に差し入れ、左手で腰部をまさぐった。

「や、やめとくれやす」

以茶は激しく抗(あらが)い、嫌悪の声をあびせつけてきた。

「やめとくれやすとは、どういう言葉やねん。わたしとおまえは夫婦やろ。そうではないとでもいうのかいな。この頃、寝る部屋は別々、夫婦とは名ばかりで、わたしはここしばらく、おまえに何もさせてもろうてえへん。いったいおまえは何を考えてますのや」

欲情にかられて分別を失い、言葉はぞんざいになっていたが、それでも栄次郎は大森左円の名前だけは口にしなかった。

「ほんまにうちら、夫婦とは名ばかりどすなあ。そやけど夫婦とは、互いにいたわり合い、何事でもうまくやっていこうとするもんやおへんか。あなたさまや一乗寺村の方々のやりようは、うちにはとても夫婦や親族のものとは思われしまへん。閨ではうちの気持や身体の工合も考えんと、気随にいたぶらはり、少しも優しゅうしてくれはらしまへん。部屋を別にするのは当たり前、ほかのことかてさまざまそうどすがな。とにかくいやらしい真似だけはやめとくれやす」

以茶は身体を激しくゆすり、大きく息を喘がせ、辛うじて栄次郎の手から離れた。

かれに背を向けたまま、手早く伊達巻を締め、衣ずれの音をさせ帯を結んだ。

「おめかししてなんの用やな」

激昂をぐっと抑え、栄次郎は乾いた声を妻の背に浴びせつけた。

「あなたさまの目に、これくらいの着物がおめかしに映りますのか」

心がせかれるまま、以茶も挫けてはいなかった。

「おめかしはともかく、これからどこに出かけるのや。男のわたしを飢えさせておいてからに、それすらいえんのかいな」

「どこに出かけるいうようなもんではおへん。船屋町の長屋で不幸がおましたさかい、ちょっとお参りに行くだけどす」

つとめて平静な声で以茶は答えた。

「へえっ、貸家と長屋は女事やと釘をさされているさかい、誰が死んだかてわたしは目をつむってますけど、鎰屋では貸してる長屋の貧乏人が死ぬと、いちいち弔問に行くのかいな。長屋を持つ大店やご大家でも、そんなんきかへんわいな」

栄次郎は、言葉にかれなりの針をふくませた。

「ほかのお店は別にして、この鎰屋では古くから店子の家に不幸があれば、お見舞いにもお弔いにも顔を出させてもろうてます。甚吉はんのお葬式には、お父さまのご名代であなたさまがお出かけどしたわなあ。それが鎰屋のしきたり、そないなこともお忘れでございますのか――」

甚吉はんとは借家人の老人、この春、栄次郎が宗琳の名代として、焼香に訪れていた。

「そんなんもあったけど、人が死んだいうのに、今日のおまえはいやにいそいそしているさかい、ちょっとたずねたまでのこっちゃ。まあゆっくり行ってきなはれ」

かれは憎しみと欲情をにじませた醜い顔でつぶやいた。

冷えびえとしたものが夫婦の間に潢たわっている。

以茶が挨拶もなく襖を閉め、足速やに去った部屋のなかで、栄次郎は立ったまま、不気味な嗤いを満面ににやっとうかべた。

その日、以茶が鎰屋にもどってきたのは、初更（午後八時）をすぎた時刻、於根のお通夜にも付き合ってきたのであろう。

風呂をすませ、布団に横たわりかけていた栄次郎は、以茶とお民の声を遠くにきき、いまにあいつと左内の首根っ子をぎゅっと押さえてやると、言葉に出し小さくののしった。

骨拾ふ人の嘆きに寒の月
鉦の音や雀飛びたつ板庇

これは数日後、鎰屋以茶が手控帳に記した苦吟である。

三

お妙が鎰屋の店先を掃除している。

朝と昼、それに陽暮れの三度、店先が掃かれた。もちろん、木の葉や塵が目立てば、そのつど、徳松や小女のおひさが、大番頭の清左衛門などにいいつけられ、箒とちり取りを持って走った。

店先で耳をすませると、鎰屋の奥から宗琳のうなる謡がきこえてくる。謡は能楽の歌詞、宗琳は四番目物の傑作といわれる観阿弥作、さらには世阿弥の作品とも伝えられる『道成寺』をうたっていた。

曲趣は女性の執念の恐ろしさを語ったもので、道成寺の伝説は『日本法華験記』、『今昔物語』巻十四「紀伊国道成寺僧写法花救蛇語」、『元亨釈書』などにもとづいて作られたという。

「昔この所に、真砂の荘司と云ふ者あり。かの者一人の息女を持つ。又その頃、奥より、熊野へ年詣でする山伏のありしが、荘司が許を宿坊と定め、いつもかの所に来りぬ。荘司娘を寵愛の余りに、あの客僧こそ、汝がつまよ夫よなんどと戯れしを、幼心に真と思ひ、年月を送る。また或時かの客僧荘司が許に来りしに、かの女夜更け人静まつて後、客僧の閨に行き、何時までわらはをばかくて置き給ふぞ。急ぎ迎へ給へと申ししかば、客僧大きに騒ぎ、さあらぬ由にもてなし、夜に紛れ忍び出で、この寺（道成寺）に来り、ひらに頼む由申ししかば、隠すべき所なければ、撞鐘を下しその内にこの客僧を隠し置く。さてかの女ハ山伏を、遁すまじとて追つかくる」

荘司の娘は蛇体となって日高川を渡り、青年僧を追った。

そして道成寺にたどりつき、ついに撞鐘の中に身をひそめる青年僧を発見する。彼女はあげく鐘を七重に巻き、やがて口から火を吐き、恋する青年僧を焼き殺してしまうのである。

「あの曲をいつもうなってはるせいか、大旦那さまもお上手にならはりましたなあ」

後ろから声をかけられ、お妙は箒を持つ手を止め、稚さをまだどこかにのこす顔をあげた。

丁稚の徳松をつれ、外廻りからもどってきた中番頭の忠兵衛であった。

初秋の陽が、町屋の屋根の上にさしかかっている。足許が少し薄ら寒くなっていた。

「おや番頭はんに徳松どん、おもどりやす」

お妙は辞儀をして二人を暖簾の中に見送り、また店先の掃除にかかった。

夏の間、貴船にも清滝にも出かけず、気息奄々としていた宗琳は、大文字の送り火のあと、やっと健康をとりもどした。身体の鍛練にもなるといい、数年、怠っていた謡の稽古を再びはじめ、ときどき千寿が鼓を打ち、宗琳に付き合っていた。

船屋町の長屋で営まれた大森左内の母於根の弔いには、宗琳の名代として、大番頭の清左衛門が香典をもって出かけ、当然、以茶も出棺を見送った。

その日から大森於根の初七日まで、以茶は毎日店を留守にした。行く先は船屋町の長屋だが、こっそり後をつける島蔵が、いくら厳重に見張っても、以茶からはなんの不審も発見できなかった。

長屋へ行くのは、亡き於根の霊に線香と般若心経をたむけるためで、彼女は長屋の門をくぐると、先ず桶屋の仁吉の家にたちより、かれか女房のお時を同伴して左内の家を訪れた。

同家には、いつも左内の妹伊勢が在宅して、母親の霊前から線香を絶やさなかった。

仁吉夫婦が同伴しない日が二度数えられたが、伊勢がいる家の中で、以茶と左内が大胆にも身体を重ねるとは考えられなかった。

「若旦那、お店さまとあの浪人の奴、どうも尻尾を見せよりまへんわ。葬式の費用はお店さまが一切出さはったと、羅宇屋の又八を締めあげてきき出しましたが、いまのところはまあそんな塩梅どす」

何気ない素振りで鎰屋を訪れたり、また三条の柳屋で栄次郎と顔を合わせるたび、島蔵は調査の進捗をぼやいた。

「そら、いまはお互い辛抱し合うてるのやろ。お袋が死んでから、まだどれだけもたってえへん。不義密通かて仏はんの手前、遠慮いうもんがおます。恥をしのび、おまえにもきいてもらいましたけど、以茶がわたしと寝間を一つにせえへんのは、大森左内の奴に義理だてしてるに相違ありまへん。わたしにはなんやかやといい訳じみたことをいいよったが、所詮、それはいい訳。お女郎が客に身体をいじらせても、惚れた男に義理だてして、口を吸わせんのと同じこっちゃわいな。惚れ合うた男と女子は、人目を盗んでどこで何をしているやらわからしまへん。どれだけ銭がかかってもええさかい、もっとしっかり二人を見張りなはれ」

栄次郎は島蔵にまた金をあたえ、檄をとばした。

帳場に坐っているときでも、紙蔵で帳面を合わせていても、栄次郎の関心は常に以茶の動きに注がれていた。

彼女が供もつれずに外出したおりには、島蔵からの使いがいっきても、すぐ出会い茶屋まで飛んでいけるようにと、心の用意をしているありさまであった。

鎰屋の店も家内も、外見では波風もなくおだやかに見える。しかし一皮剝げば、夫婦仲の亀裂を中心にして、激しい波瀾をふくみながら日々が静かに暮れ、八月十五日、仲秋の名月も何事もなくすぎた。

陽の暮れてすすきの山に月一つ

当夜、鎰屋以茶は、将来、四国の山河を眺めながら歩きつづけなければならない自らの生涯を、暗示する句を詠んでいる。彼女に栄次郎を夫と認める意識はすでになく、ただ疎ましい存在、大森左内の姿だけをみつめていた。

仲秋の名月を賞でた二日後の夜、以茶は自分の居間に入ると、帯を解いて寝間着に改め、行燈を吹き消して障子を開けた。

奉公人たちも仕事を終え、奥の棟や店棟の二階にあがったらしく、家のなかはしんと静まっていた。

〼庭と主亘で〆切られた庭が、青い月光に浮かびあがってみえ、庭のかたえで萩の花がひそっと動き、左内の姿に思いを馳せる以茶の胸裏をまた熱く疼かせた。

自分がこんな思いを抱いていたら、信用を第一として商いをつづけてきた鎰屋の暖簾にも、やがて泥をぬる結果を招き、家内は無茶苦茶、収拾がつかなくなる。以茶は、不義密通の赤い文字に怯えながら、それでも危ういところで立ち止まり、自分のいまを冷静にみつめているつもりだった。

大森左内も自分の気持をただならぬものと感じるのか、母親の初七日のあとは、わざと疎遠な態度をとっていた。だがかれの目や動きの一つひとつをうかがえば、苦しみながら分別につとめていることがわかる。

道ならぬ恋慕、うちはどうすればよかろう。

青い月光も、以茶に円満な答えをあたえてはくれなかった。

どこかで鈴虫が小さな声で鳴いている。

四半刻余り、あれこれ物思いにふけっていた以茶は、両手で静かに障子戸を閉め、布団のなかに身体を横たえ、蒔絵の高枕に項をあずけた。

頭の芯が冴え、なかなか眠りにつけない。

だがやがて鈴虫の鳴き声が、薄っすら眠りの皮膜におおわれかけた彼女の耳から遠ざかる。さらに眠りの皮膜がまた一つ重くかぶさってきた。

廊下に通じる襖が音もなくすっと動き、寝間着姿の栄次郎が忍びこんできたのは、そんなときだった。

襖に背をむけやっと眠りについたばかりの以茶は、自分の布団のかたわらに栄次郎がうずくまり、じっと寝顔を見ていることにも気付かない。小さくたてていた寝息が、上布団をそっと剝ぎ、彼女を両手で強く抱きしめてきた栄次郎によって、いきなり悲鳴に化した。

「な、なにしはりますのや」

以茶は声を喘（あえ）がせ、栄次郎に抗った。

蒔絵の高枕をはねとばし、彼女の首を抱えた栄次郎の厚い掌（て）が、大声を出しかけた以茶の口をしっかりふさいだ。

かわりの左手が素早く以茶の下肢（かし）をまさぐり、太股の奥を探り当て、繊毛に熱くふれた。

栄次郎の頭にかっと血がのぼった。

「なにしはりますとは、誰にいうてんねん。わが妻を好き勝手にするのに、文句いわれる筋合いはないわい。おまえかて、こないにここをいじられてたら、そのうち気持ようなってくるやろな――」

栄次郎の指が、以茶の秘丘をやわらかくつつむ繊毛をかき分け、やさしい谷間を乱暴になぞった。

「や、やめとくれやす」

口をおおわれた掌の中で、以茶は叫んだ。

だがくぐもった声は、部屋の外にはきこえなかった。

「やめとくれやすとは、なんという言い草じゃい。それが夫にいう女房の言葉かいな。わたしを長い間、女気なしで飢えさせておいてからに。おまえの魂胆ぐらい、わたしにかてよう読めたるわい」

　両脚をばたつかせる以茶を、栄次郎は巧みに自分の足でぐっと押さえこみ、繊毛をかき分けていた手が、今度は彼女の胸許を割り、ふたたびもとにもどった。

「う、うちの魂胆とは、そ、それは、なにをおいいどすのや」

　以茶は全身に力をこめて抵抗しながらたずねた。

「ふん、この女狐、ようもぬけぬけときけたもんじゃ。わたしを自分の閨から締め出し、飢えるだけ飢えさせておいたら、遠からずどこかの女子に手をつけるか、妾でも囲うと思うてるんやろ。わたしにそうさせたうえ、あれこれ因縁をつけ、この鎰屋から追い出してしもうたら、格好がつくわいな。世間さまかて、外に女子をつくったわたしが、そら悪いと決めつけるわい。どうや、わたしの推測、まる当りやろ。その筋書き、いったい誰が書きよったんや。まさか親父はんではないやろし、大森左内たらいう浪人が、おまえのここで書いたんとちがうか――」

　憎しみをこめた指が、荒々しく以茶の恥部に挿入され、かれの身体が巧みにのしかかってきた。

「大森、左内さま――」

以茶は栄次郎から逃れるため、身を揉み、くぐもった声を奔らせた。

「わしはおまえが、その左内に惚れているのを、早うから知っていたわい。あいつとここでええことをしながら、何をどう相談したか、わしがまるで知らんとでも思うてたんなら、それは大間違いじゃ。それよか以茶、どうや、わしとおまえのここでもっとええ相談せえへんか。気持ようなってきたんか、少しぐらい濡れてきたるがな」

かれはならず者に似た口調で、以茶には意外なことを口走り、固くなったものをぐっと押しつけてきた。

――左内さま、わたくしをお助けくださいませ。

あっと小さな声を発し、以茶は心のなかで左内にむかい叫んだ。

部屋のなかにせわしい息遣いがこもり、しばらくの間、険悪で濃密な時がながれた。

死んだようになり、栄次郎の蹂躙に耐えていた以茶の上から、やがて苦しい重みが退いた。彼女はさっと起き上がり、部屋の隅に身体をひそめた。

障子戸に月の光が映り、部屋がぼんやり明るかった。

以茶は眦をつりあげ、憎悪の目で栄次郎の顔をにらみつけた。ぶるぶると身体を震わせ、少しでも相手の動きに応えた自分の身体が、汚らわしくおぞましかった。

手をじりじり衣桁にのばし、そこに掛けた着物を摑み取った。

「以茶、その目付きはなんやな。ようもそんな顔で、わしを見られるもんやわ。わしはおまえの不義を許したると、いま相談をつけたつもりなんやで。おまえにその気がなくても、鎰屋の信用を思えばそれが一番ええのが、おまえにはわからへんのか。それとも毎月一両の金を大森左内に貢ぎ、間男してたんを世間にばらされ、赤恥をかいたうえ、身を小さくして暮す方がええとでもいうのかいな。わしはおまえのやってた行ないを、下っ引きの島蔵にみんな調べさせてるんや。女房が不義密通をしおったと、奉行所に訴えることもできるんやで。わしがそうしたら、おまえや大森左内の奴がどうなるかぐらい、賢いおまえにはわかるやろ。わしかてそんなことしたら、後味が悪いわいな。貧乏浪人との間男も、この辺でもうええ加減にせなあかん。大森左内に銭くれてやるさかい、どこかに去んでもらおうやないか。わしはそれで我慢したるわいな」

栄次郎は数ヵ月ためていた欲望を吐き出し、布団の上で胡坐をかいた。弛緩した顔に笑みをうかべ、以茶に話しかけた。

「うちが、大森左内さまと不義密通などと、でたらめをいわんときやす」

「な、なにがでたらめやな」

以茶は衣桁から摑みとった着物を胸に抱きしめ、鋭い声を栄次郎にたたきつけた。

鈴虫の鳴き声が、幽かに彼女の耳によみがえってきた。

「あんたは心がゆがんでおいやすさかい、うちが左内さまと不義を働いたと、いいかげんな当て推量をしはるんどす。そんなことは、ただの一遍もおへんどしたわ」

夫の栄次郎に憎しみの声で叫びながら、以茶は深い絶望を感じていた。

「な、なにをぬかすねん。一遍も不義を働いたことがないとは、ちゃんちゃらおかしいわい。わしが大人しく話をつけようと思うてるのにつけこみ、図に乗りおってからに。この売女、なにが鎰屋の家付き娘じゃ」

栄次郎の言葉に激昂がふくれあがり、いきなり近づいてきたかれの手が、乾いた音をたて、以茶の左頰ではじけた。

以茶の身体が大きくよろめいた。

同時に彼女はすっくと立ちあがり、着物をつかんだまま、無言で庭に飛び出していった。

「以茶、どこへ行くんじゃ——」

低い声が裸足で惣庭に走りぬける彼女の背に届いたはずだが、答えはもちろんなかった。

栄次郎はかたんと裏木戸の錠が開けられる音をきくと、にやっと笑い、縁側にゆっくり坐りこんだ。

彼女の性格を考えれば、どうせすぐ帰ってくるにきまっている。これで何事も円満に片がつけられる。栄次郎は勝ち誇った気持だった。

そのころ、以茶は裸足のまま、ふらふら車屋町筋を南に下り、船屋町の棟割り長屋にむかっていた。

自分にそんなつもりがなくても、足が船屋町に歩いていくのである。

——どないしよう。滅多なことで左内さまに迷惑はかけられしまへん。

以茶は闇につつまれた町辻を蹌踉（そうろう）とたどり、ひそっと自分につぶやいた。

頭の中がひどく混濁（こんだく）し、虚（うつ）ろに開いた瞳孔（どうこう）が、夜空の明りをぼんやり眺めあげた。

だがひんやりした土を踏む足は、いつのまにやら船屋町の長屋の門の前に立っていた。

来てはならないここに、自分はどうして来てしまったのだ。

鎰屋に引き返さなければ、自分と左内に漆黒の闇が口を開けて待ち構えている。それだけははっきり分別できたが、以茶の両足はもうどうしても動かなかった。

星をいただいた夜空がぐるぐるまわり、自分を押しつつむように迫ってくる。

――うちは、どないすればええのや。

以茶はまた自分に問いかけ、長屋の門の柵に青ざめた顔をすり寄せた。両の目からあふれ出た涙が、彼女の頰をとめどもなく濡らしつづけていた。

六軒の棟割り長屋には、明りがまだ二つともっており、一つは大森左内の家だった。あの家のなかに愛しい左内がいる。

小さな行燈の明りの許で、絵屋から頼まれた絵馬でも描いているにちがいなかった。左内さまにやはりご迷惑はかけられない。彼女が身震いして強い決意を固めたとき、町辻の方から提燈が一つ、かすかにゆれながら長屋の門に近づいてきた。

提燈の主は、門の柵に寄りかかる女の姿を認め、不審そうに歩みを止めた。そして月明りに透し見て、あっと声をもらした。

「以茶、以茶どのではございませぬか。いかがいたされましたのじゃ」

夜遅く、出先からもどってきた大森左内であった。

「大森、左内さま――」

以茶はうめくように叫び、かれの胸にひしと取りすがった。

これが男と女の運命なら、もうどうなってもいい。大きな歓喜が、以茶の胸の底から新たに噴きあがってきた。

強い力が以茶の身体を抱きとり、左内の手から落ちた提燈が、二人の足許で燃えあがり、固く抱き合った以茶と左内の姿を、くっきり明るく照らし出していた。

第五章　袈裟がけ

一

鎰屋の白暖簾がゆれている。

寒風が町辻の埃をまきあげ、枯葉が冬空に舞いあがっていた。

今年、冬の到来はいつもより早く、十一月になり、北山の連嶺や比叡山が白く装われた。

雪をいただいた愛宕山が、丹波や丹後の酷寒を如実に感じさせる。

誰もが首をすくめて足を急がせ、鎰屋の店先には、客のため手焙り（火鉢）がいくつも置かれていた。

大番頭の清左衛門や手代の新助をはじめ、丁稚の徳松や卯之吉、また女中頭のお房、お妙など鎰屋の奉公人たちは、何事もない顔つきで客に応対している。たくさんの帳面を背に、結界をめぐらした帳場に坐る栄次郎の態度も、普段と変らなかった。

だが鎰屋の内情に通じる町医の道安や、日々、出入りする商人たちの目には、かれらのようすが妙におどおどして、どこか訝しく映っていた。

「家内になにか変ったことがあったのとちがいますか——」

道安は店近くの町辻で出会った小女のおひさにたずねたが、彼女はひきつった表情で頭をはげしく横にふった。

「いいえ、お店に変ったことなんかあらしまへん。うち、なんにも知りまへんさかい、大旦那さまにきいとくれやす」

五日に一度、道安はいまでも宗琳の健康の工合をうかがうため、鎰屋を訪れている。ところが宗琳の身体は一応、もとにもどったと診断られるものの、その憔悴ぶりに合点ができかねていたのだ。

不審の第一は、仲秋の名月がすぎたころから、娘以茶の姿を一切見ない点だった。その代り、外に出歩いていた妹娘の千寿が、宗琳につきっきりになっており、彼女の窶れようも道安を訝しがらせていた。

小女のおひさが小走りに遠ざかっていくのを、道端に立ったまま見送り、道安は彼女の怯えぶりには、なにかとんでもない事情が隠されているのではないかと独り考えたのである。

家付き娘の以茶が、夫栄次郎を棄てて店からいずれかへ出奔したことなど、鎰屋宗琳や栄次郎には、金輪際、世間に知られたくない不祥事だった。これが世間にわかれば、鎰屋の信用がいちじるしく損われる。

以茶の出奔をきかされ、娘夫婦の不仲を案じていた宗琳は、栄次郎と老女分のお民を別々に呼び、きびしく問いただした。だが二人ともなに一つ心当たりがないと答えるばかりであった。

もっとも、お民の返答には、どこか曖昧さがうかがわれた。

「わたしはおまえと以茶がうまくいっているかどうか、前から気に掛けていました。それがこないな形で現われるとは、かえすがえすも残念でなりまへん。いまは町年寄に届け、奉行所に探してもらうのが一番やろけど、それではおまえの顔を潰し、鎰屋の暖簾にも傷がつきます。困難でも、以茶の行方はこっそり探すことにしまひょ。おまえもそのつもりでいなはれ。こないな時どすさかい、店の商いをよけい疎かにしてはなりまへんえ。重々、心得ときなはれや」

宗琳はそのあと栄次郎と相談した結果、鎰屋の奉公人たちに厳重に口止めをしたのである。

最初、鎰屋の奉公人たちは、以茶の姿を見ない不審を人からたずねられると、お店さまは身体の工合を悪うしはり、有馬の湯へ湯治にお出ましどすと答えていた。だがお供に従うべき老女のお民が店におり、かれらの嘘は長くつづかなかった。

以茶の代りのように、店へは下っ引きの島蔵が頻繁に姿をのぞかせはじめた。

かれが現われると、栄次郎は帳場からすっと立ちあがり、二人は黙ってまっすぐ奥の部屋に消える。店で客に応対する清左衛門や徳松たちが、不安そうな視線でその背中を眺めた。

「全くいい気味やで。お店さまの行方がわかったかて、こうなれば栄次郎の奴は、大旦那さまからまとまった銭をもらい、お払い箱になるにきまったる。家付き娘と養子は、夫婦仲がこじれたら、だいたいどこでもそれが相場やわいな。それですめばまあ結構なくらいや。もしお店さまが桂川や淀川から土左衛門でみつかった、東山の山ん中で首くって死んではったともなれば、銭もらうどころではあらへんわいな」

手代の新助だけが、事態の推移を他人事として冷やかにみつめ、卯之吉を相手に嘲笑していた。

島蔵は、宗琳と相談した栄次郎の意向にしたがい、以茶が姿をくらませた二日後から、世間体も考え、大森左内の長屋に改めてそっと探索の手を入れていた。

すでに島蔵はかれの人体をくわしく確かめている。

しかし、以茶の姿は左内の家には見当たらない。かれはなんら変ったようすもなく、絵屋から運ばれたらしい平駒型の絵馬に、絵筆を走らせ、板戸の隙間からは、線香の匂いがぷんとただよってきた。

妹の伊勢は針箱をよこに置き、仕立物に熱中している。長屋の門や家の軒先には、〈仕立て物いたします〉と達筆で書かれた木札が下げられていた。

「三日も張りこみ、源八の奴を縁の下までもぐらせ探らせましたけど、左内のとこにお店さまがいてはる気配は一向にありまへん。どうしたもんどっしゃろ」

島蔵の調べをきき、栄次郎は驚いた。

かれは妻の以茶が、大森左内と密通し、当然、かれの許に走ったものと考えていたからだ。

自分との同衾を嫌い、一方で金品を左内に貢いでいたからには、こう考えるのが自然だった。

自分がむりやり犯した以茶は、眦をつりあげて自分をにらみ、衣桁にかけた着物をつかみ、裸足で庭にとびだした。金など持っているわけもなく、身をよせる場所は、左内の家しかないはずであった。

「島蔵の親分、絶対、そんなはずはあらしまへん。相手かて、こっちが以茶を長屋に探しにくるぐらいわきまえてるやろし、押し入れか、天井裏にでもひそませているのとちがいまっしゃろか。それとも、どこか知り合いの許にでも匿もうたかもしれまへん。二日や三日探りを入れたぐらいで、なにがわかりますかいな。そっちもふくめ、しっかり探っておくれやす」

栄次郎は島蔵に、人ならどれだけでも雇えといい、またまた十両の大金をその場であたえた。

鎰屋が親戚の縁に薄いとはいえ、洛中に数軒の心当たりもあり、また以茶の幼馴染みの消息もきいている。

かれは宗琳の意見にもしたがい、それらの家にもそれとなく以茶の消息をたずねさせた。

もちろん念のため、一乗寺村の親許に自ら出かけ、事情を洗いざらい語った。

だが、以茶の消息はどこからもきかれなかった。

島蔵には船屋町の長屋を見張らせ、大森左内だけでなく、妹伊勢が外出するときも、あとを付けさせている。

十日が不安と焦燥のうちにすぎ、一ヵ月がたっても、以茶の行方を知る手掛かりはなんら得られなかった。

「いったいお店さまはどこに消え失せてしまわはりましたんやろ。こうなると、下っ引きのわっしも探しようがおまへんわいな。若旦那、ひょっとしての話どすけど、大旦那さまが知らんふりをして、お店さまをどこぞに隠しておいやすのとちがいまっしゃろか」

以茶が出奔して三ヵ月目に入ったころ、島蔵が思案もつきはてたといいたげな顔でもらした。

二人が密談する鎰屋の奥の庭では、すでに早椿が赤い花を咲かせはじめていた。

「わたしかてそないに考えんでもない。せやけどなあ、毎日、そば近くで大旦那さまや千寿はんを見てると、とてもそうは思えしまへんわ。二人ともあくどい芝居をぶてるお人やないさかいなあ」

「若旦那はさようにおいいやすけど、人間はわからんもんどっせ。胸に手を当ててようあれこれ考えてみなはれ。わしの口からいうのはなんどすけど、わが娘のためどしたら、どないにお人柄がようても、大旦那さまかて一芝居や二芝居ぐらいうたはるかもしれまへん。お店の奉公人からきいた話どすけど、手代の新助どんなんぞ、鎰屋から若旦那が不縁になって追い出されるものと、決めてかかってるそうどすわ。獅子身中の虫という譬(たと)えもありますさかい、何事も疑ごうてかからないけまへん。高台寺の寮にも目を光らせてますけど、鎰屋が懇意にする旅籠(はたご)や煮売茶屋にも、さらに念を入れてみまひょうかいな。それにしても若旦那、もうそろそろ人の口にも戸が立てられしまへんなあ」

　奉公人の動揺は、栄次郎にもわかっていた。

　町内の人々の不審の目、とりわけ上品蓮台寺・大慈院から月参りに訪れる栄寛の詰問はきびしかった。

「有馬の湯へ湯治に出かけているとのいいわけもよいが、何事もそこそこにして、以茶どのには一度、店に姿をのぞかせていただいたらどうじゃ。ただし、わしは決して言葉通りに受けとってはおらぬぞ。なにがあったか、できればききとうはないが、今後、これが悪(あ)

しく世間に広まり、奉行所から疑いをかけられ、惣庭(そうにわ)の井戸の中や屋敷中(じゅう)を改められることになっては、それこそ鎰屋の信用にも傷がつこう。宗琳どのに栄次郎どの、そこをよく考えておきなされや。先刻、わしはなにもききとうないとはもうしたが、もし鎰屋の浮沈に関わる事柄なれば、いかなる相談にも乗るつもりじゃ」

大慈院の栄寛からは、二人膝をそろえ、日頃みられない厳しい顔つきでいい渡された。

「島蔵の親分、新助の奴からそないな悪たれを吐かれるとはいまいましいが、ほんまに親分のいわはる通りやわ。こうなれば、なにもかも疑ってかからななりまへんけど、大旦那さまはいまもわたしを見離してはれへんことだけは、親分も承知しておいておくんなはれや。わたしは以茶が大森左内に金品を貢いでいたことなどを、まだ大旦那さまに打ち明けてしまへん。それをもうしあげたら、大旦那さまも納得しはりますやろし、万一、納得しはらなんだら、それこそわたしが承知せえしまへん。親分はここが決め手になると思われしまへんか。わたしの腹の中ぐらい、しっかりお見通しでおますやろ」

栄次郎は狡猾(こうかつ)さをひそめた顔に、にやっと笑みをうかべ島蔵にいった。

「お店さまの行方がわからんでも、若旦那がそのおつもりなら、わしも心強うおすわ。お店さまの不義密通、現場にこそ踏みこんでまへんけど、呉服屋の菱屋、羅宇(らう)屋の又八、さらには桶屋の仁吉夫婦など、生き証人ならわしがどれだけでも引っ張り出してきますわいな。そうなったら、鎰屋の大旦那さまも格好がつかしまへん。二つに重ね四つに切られんかて、因果をふくまされ鎰屋から出ていかならんのは、お店さまの方どすわ。そしたら大旦那さまはご隠居、鎰屋の主は若旦那となりますわなあ。若旦那には、わしも大番頭の清左衛門はんみたいな福の神、あとあとまで面倒をみておくれやっしゃ」

以後、島蔵は市中の旅籠や鎰屋が贔屓にする煮売茶屋をしらみ潰しに当たった。

そのかれが血相を変え、鎰屋に駆けこんできたのは、小女のおひさが道安の質問を振りきり、息をはずませ店にもどってすぐだった。

「わ、若旦那――」

白い息を吐き、かれは帳場の栄次郎に呼びかけた。

ただならぬかれのようすを一見して、栄次郎の表情がこわばった。

二人は、お互いにうなずいてすぐ奥に消え、居間で立ったまま向き合った。

「親分、以茶の所在がわかったんやな」

「へえ――」

島蔵はちょっと襖を開けて外をうかがい、小声で答えた。

幸い宗琳は、千寿とお民を供にして外出し、奥には誰の気配もなかった。

「い、以茶の奴はどこにいたんじゃ」

「まあ若旦那、わしをそうせかせんと、ゆっくり坐ってきいとくれやす。お店さまの消息がわかってみれば、ほんまに腹が立ちますわいな。鎰屋の店ん中は、狐や狸ばっかしやとあきれ果てまっせ」

やっと息をととのえ、島蔵が自分の驚きを口にした。

「狐や狸ばっかしやとは、親分はなにをいいとうおすのや。もったいをつけんと、早う以茶の居所を教えなはれ」

「若旦那、びっくりせんとくれやっしゃ。お店さまを隠していたのは、実は老女分のお民はんどしたんや。わしかて一応、疑ごうてはいましたけど、お民はんには西錦小路で籠屋をしている独り息子の幹太がいてますわなあ。お店さまはその幹太のところに、匿われていたんどすがな。大旦那さまの心配にも、お民はんは知らんといわはったそうやけど、古狸も古狸、ここ三ヵ月余り、ようも白を切り通してきたもんどすわ」

「すると、大森左内はそれを承知していたんやな」

栄次郎の顔が赤らみ、声が切迫してきた。

「へえそうどすがな。当初、長屋に張りついてましたけど、奴に動きがないため、ほかを探るのに注意を奪われてました。今日、長屋から出ていく左内の後をつけたんどすわ。そしたら西錦小路にむかい、幹太の家に入っていきよるやおまへんか。急いで近所に当たったところ、三ヵ月ほど前から、若い女子が幹太の家に居候してるときき出せましたわな。その女子、お店さまに間違いおまへん」

「畜生、やつらこれからどないするつもりか腹がわからんけど、お民の息子のところで密会をしていくさったんやな」

「若旦那、落ちついてくんなはれ」

島蔵は栄次郎が激昂してくるのを眺め、狼狽してなだめにかかった。

少し危険なものを感じたからである。

以茶の居所さえつかめば、あとはゆっくり処方を考えたらいい。幹太の家には手下の一人を張りつかせている。

「親分、落ちついてくんなはれとはなんどす。これが落ちついておられますかいな。西錦小路といえば、ここから一っ走り、わたしが直接出むき、以茶の不義密通の現場を押さえてやります。親分も立ち合うてくんなはれ」

栄次郎は居間から島蔵を先に出し、手早く羽織りを着こんだ。そして部屋の袋戸を開け、なかから護身のための合口（つばのない短刀）を取り出した。

以茶の不義の相手は浪人、とっさの思いつきであった。

「若旦那、そないに急かはらんでも心配あらしまへん。わしの手下がしっかり見張ってますさかい、少し気持を鎮めはったらどないどす」

島蔵は店を出て、南に足を急がせる栄次郎の横に付き、かれをまたなだめた。

「なにを阿呆なことというてんねん。わたしにとって、これは一世一代の大事やわいな。急いであたりまえやろな」

かれに叱咤されれば、島蔵に返す言葉はなかった。

御池通り車屋町の鎰屋から、西錦小路町までは、四半刻とかからない距離。幹太の仕事場でもある棟割り長屋は、亀薬師の裏に並んでいた。

錦小路は四条の一つ上の通り、東西にのび、古くは〈地獄の辻子〉とも称されたが、現在は京の台所をまかなう有名な食品市場となっている。

当町の北側に安楽寿院末寺・真言宗亀龍院があり、俗に亀薬師竹之坊と呼ぶところから、別に竹之坊町ともいわれていた。

「若旦那、ここどすわ」

栄次郎の急ぎ足に、ほとんど小走りでついてきた島蔵は、亀薬師のお堂の裏までくると、小さな祠の陰に身をひそめる手下の源八に目で合図を送り、かれにささやいた。

幹太が住む長屋は、大森左内の棟割り長屋と似た造りだった。

参考までに記せば、同じ借家でも表借家と裏借家では、家賃が全くちがう。裏借家は多く裏長屋を指し、家賃は表借家の約三分の一とされていた。

「なるほど、以茶はここにいたんやな」

栄次郎は島蔵の言葉に小声で答えた。

「源八、あいつはまだいてんのやな」

祠に近づいた島蔵が、源八にただした。

「へえ、家ん中にいてまっさ。そやけど——」

源八が顔をにやつかせた。

「そやけどとはなんやな」

「親分が若旦那の許へお知らせに走らはったあと、籠屋の若夫婦は、お互い荷をかついで出て行きよりましたわ。どうせ気をきかせよったんどっしゃろ」

かれの説明をきく島蔵は、栄次郎の顔色を横目でちらっとうかがったが、源八にはなんの心遣いもなかった。

気をきかせよったの言葉が、栄次郎の頭をかっと火照(ほて)らせ、打算だけでは制しきれない怒りが、心の底から噴きあがってきた。

「親分、表に割り竹を積んだる家が、お民の息子とこどすな」

「そうやけど、どないしはります」

やがて以茶が、大森左内を見送り、家から姿をのぞかせるにきまっている。島蔵は少し離れたここで二人を待ち伏せ、双方が確認し合えれば十分だと思っていた。

栄次郎は現場を押さえてくれるといきまいていたが、長年、捕り物にたずさわってきた島蔵からすれば、その必要はもはやなかった。欲をいえば、第三者の立会人が欲しいぐらいだ。だが騒ぎともなれば、あとで証人となる立会人たちは、長屋の家々からさっそく姿をみせるに相違なかった。

「どないするとは、親分、いまさら何をいうてますのや。お民の息子夫婦が留守なら、わたしが踏みこむになんの遠慮がありますかいな。さあ、おまえたちも付いてきなはれ」

栄次郎は自分の言葉に煽(あお)られ、一気に幹太の家に足を運び、表の板戸を手荒く開いた。

家の中で驚きとせわしない気配が起こり、男の軽い咳払いがひびいた。

お民の息子幹太や女房のお鶴は、外からもどってくるとき、いつもわざと大声で話をしたり、それらしい物音をたてたりする。

十日ぶりに左内の胸に顔を埋めていた以茶は、表の板戸の開け方に、まず異常を感じた。

二人の間では、お民から父宗琳にこっそり所在を告げてもらったうえ、伊勢をともない郷国の美濃・大垣領にもどる。大森家の遠い縁をたより、揖斐川上流の根尾村にでも住みつくと相談が決められていた。

いまもお互いにそれを確かめたところだった。

「どなたどす。幹太はんどしたら、いま留守してはりますけど――」

以茶は襟許を合わせていそいで障子戸を開け、あっと小さな声を迸らせた。

せまい土間に、悪鬼の形相となった栄次郎が立っていたからであった。

「以茶、わたしやがな。そこには大森左内もいてんのやろ。二人の不義密通はこれで明らか。いまさらどないにもなりまへんわ。しっかり覚悟して出てきなはれ。じたばたしたかて、もう言い訳はききまへんのやで――」

栄次郎は鎰屋の外聞を考えたのか、意外に静かな声で、さっと障子戸の陰に身を隠した以茶に呼びかけた。

彼女にというより、大森左内に話しかけたつもりだった。

数瞬、不気味な沈黙が家の中にただよった。

「左内さま、逃げとくれやす」

直後、以茶の声が沈黙を引き裂いた。

「いや、それはならぬ」

潔(いさぎよ)く覚悟をつけた左内の低い声が、島蔵の耳には届いたが、栄次郎にはきこえなかった。かれはその言葉をきき分ける思慮を、以茶の一声で瞬時に失った。

「なにをぬかすねん、卑怯(ひきよう)や。わたしを虚仮(こけ)にしよってからに——」

かれは懐にしのばせてきた合口を抜き出し、二人が身をひそめる部屋に躍りこんだ。島蔵が止める隙もない速さだった。

人が互いに激しく揉(も)み合う気配がすぐに起こり、つぎに栄次郎のぎゃあっと叫ぶ悲鳴がひびいた。

「若旦那、どうしはりました」

島蔵が狼狽して、土足のまま部屋のなかに走り上がった。

胸に合口を突き立てた栄次郎が、大森左内にむかいふらふら倒れかかっていた。

かれは左内と揉み合い、合口をもった利き腕を固くつかまれたため、必死に振りほどこうともがくうち、過って自分の胸を突いてしまったのである。

「し、島蔵、こいつが、わ、わたしを合口で刺しよったんやわ。お、おまえ、しっかり見てたわなあ。これでこいつら、不義密通をしたうえ、夫のわたしを殺したとして、市中引廻しのうえ磔やで。いい気味やわ――」

栄次郎の声がしだいに小さくなり、最後にかれは口からごぼっと鮮血を吐いた。

大森左内はその身体を両手でかかえ、静かに坐りこんだ。顔面は蒼白、以茶のすすり泣きがついで起こった。

二

「どえらいことやったなあ」

「ほんまに人は見かけによらんもんやわ」

車屋町筋を往来し、鎰屋の前を通りすぎる人々が、表戸を閉めきり、逼塞の体をとる大きな店構えに目をやり、あたりを憚らぬ声を放った。

正式の町名を塗師屋町ともいう町内は、往古、塗師たちが住んでいたためにつけられた名前だが、いまでは質屋、両替商、呉服問屋など、各種の店が軒をつらねている。

ところがどの店も、有夫の鎰屋以茶が、不義密通を重ねて露見したすえ、不義の相手と共謀、夫の栄次郎を殺害したとの噂のあおりをうけてか、商いになんとなく生彩を欠いていた。

世間の噂は、事実と大きく違っている。

だが状況証拠は、すべて以茶と大森左内には不利にできており、人の好奇心や劣情をそそる事柄だけが誇大に伝わり、前後の事情や推移など問題ではなくなっていた。

鎰屋以茶と大森左内は、その場で下っ引きの島蔵と手下の源八に縄をうたれ、船屋町の番屋に引ったてられた。町雇いの小者が西町奉行所に走り、同心の長坂半十郎がすぐ駆けつけてきた。そしてかれの指図で、二人は六角の牢屋敷に連れていかれ、女牢と男牢、別々に収容されたのである。

二人の調べは、現場に居合わせた島蔵の仕える長坂半十郎と、東町吟味方総与力高木重左衛門により、〈吟味物〉としてはじめられた。

江戸時代、奉行所が介入する事件には、ほかに〈出入物〉があり、これは原告が目安（訴状）で相手を訴え、奉行が相手を召喚したうえ返答書を出させ、対決（口頭弁論）と糺（審理）を重ねて裁許（判決）を下した。

これに対し〈吟味物〉は、捕方の手で逮捕され、厳重な取り調べのあと判決をいい渡される。凶悪な事件がこれに当たった。

わかりやすくいえば、前者は民事訴訟事件、後者は刑事訴訟事件と解せばよかろう。すでに前にも記したが、不義密通はだいたい内済にすまされた。だが女の夫が殺害されたとなれば、局面は全く様相を異にしてくる。

事件が起こった十一月、月番は西町奉行所だったが、同奉行の土屋伊予守正延は、島蔵と栄次郎の関わりをきくと、東町奉行の赤井越前守忠昌と内寄合（両奉行の合議）のうえ、事件の処置を東町奉行所にゆだねた。洛中を驚かせた事件だけに、京都所司代の指示にしたがい、厳正を期したのである。

東町奉行の赤井忠昌は、老中田沼意次に取り入り、やがて首尾よく勘定奉行として江戸に転役したと悪口をあびる人物。だがそれは、いまでは時代の転換を計った能吏とされる田沼意次の、かつての悪評に負うもので、忠昌は決して猟官にはげむ人柄ではなかった。

しかし以茶と左内のどんな供述や釈明も、栄次郎殺害の誤解を正すことにならないばかりか、事実をありのままにのべる二人の言葉は、かえって吟味に当たった高木重左衛門に卑怯、未練と映り、赤井忠昌もかれの審理に幾度となく同意を示した。

「大森左内、鎰屋以茶両人に殺害された栄次郎はいたって真面目、ゆえをもって主宗琳の目にかない、鎰屋の養子に迎えられた人物。鎰屋の奉公人たちに糺したところ、いささか評価は分れるものの、これも店の繁盛と身代を大事に考える者と、出世した朋輩を妬む者とのちがいに思われまする。栄次郎の身辺からは、問題といたすに足る落度はなに一つ出てまいりませぬ。鎰屋以茶を匿っていた老女民と籠屋幹太母子の陳述は、以茶との関わりを考えますれば、きき入れる値うちなどいささかもなく、両人には旬日のうちに厳しいご裁許をいただかねばなりませぬ」

高木重左衛門が奉行に求める厳しいご裁許とは、すなわち大森左内と鎰屋以茶を、市中引廻しのうえ、衆目にさらして架刑にする残酷な処罰であった。

お民と幹太夫婦、ならびに桶屋仁吉夫婦、左内妹伊勢の六名は、町預りに処せられ、鎰屋宗琳には、同じく町預りと営業停止がもうし渡されていた。

鎰屋宗琳はいきなり事件を知らされたとき、ぎょっとした表情をうかべ、つぎには深い苦渋の色を顔に刻んだ。恐れていた最悪の事態が起きてしまったのと、やがて奉行所から下される裁許を同時に考えたのであろう。

「わたしにはなにもかもがわからへん。なんでこないな始末になってしもたんやろ。殺された栄次郎もかわいそうやけど、以茶にはこのわたしが悪いことをしてしもたんかもしれまへんなあ」

宗琳にしがみつき、鳴咽をもらしていた千寿が、低いつぶやきをきき、さらに声を高くして泣きじゃくった。

二人のそばで、お民がうなだれている。

「大旦那さま、お民がすべて悪うございました。許しておくれやすとはもうしまへん。どんな罰でも受けとうおす」

袂で顔をおおい、彼女は宗琳に平伏した。

宗琳は千寿の背中をなでて鳴咽をおさめさせ、お民に呼びかけた。

「お民、おまえもさぞかし苦しかったやろ。おまえが悪いことなんかあらしまへん。詫びなならんのはわたしの方どす。それより、清左衛門に来てもらってくんなはれ」

お民がはいとうなずくより先に、部屋の外から大番頭の清左衛門が、大旦那さまと声をかけ襖をさっと開けた。

事態の切迫にそなえ、かれは先ほどから廊下にひかえていたのであった。

「ああ、そこにいてくれたんやな。清左衛門、忠兵衛や新助たちにいいつけ、少しでも早くお店の戸を閉めてくんなはれ。お店にお客はんがいてはったら、お代金は頂戴せんと、よう謝って品物をお持ち帰りいただくんや。わかったなあ」

宗琳は狼狽を抑え、清左衛門に命じた。

奉公人たちがあわただしく動き、ばたばたと店の大戸や外構えが閉じられた。

不安と暗澹、薄暗くなった帳場のまわりに、全員が宗琳の意向にしたがい膝をそろえた。以茶の不義密通と栄次郎が殺害された事件をきき、奉公人たちの顔にはっきり動揺がうかんでいた。

「わたしの躾が悪く、こんな始末を引き起こしてしまい、おまえたちにはまことにすまんこっちゃ。店の戸をおろさせたのは、とても商いどころではなく、また世間さまにも顔見せられしまへんからどす。いずれお奉行さまや町年寄衆から、この鎰屋にも家内不始末として厳しいお沙汰があるやろうし、先に謹慎の態度をとりましたのや。これからもずっと商いはできしまへんやろ。四代続いてきた鎰屋も、わたしの代で店仕舞いせなならんと思うてます。そこでおまえたちにも相談し、十分ききわけてほしいのやけど、それぞれ奉公してくれた歳月や年功に応じてお金を配るほかに、一人十両をいただいてもらいます。そやさかい、その金を持ち、各自ひとまず家や親許にもどってもらえまへんやろか。その後、わたしがどこか働き口を探させてもらいますし、またなんでもええさかい、その金で商いをはじめるというのやったら、それはそれで結構どす。これから以茶のお取り調べがはじまり、その罪が父親のわたしまで及び、鎰屋は闕所になるかもしれまへん。そうなったら仕方おへんけど、もし小世帯ながらでも商いが許されるとのお沙汰が下され、そのときまだ鎰屋で働いてもええと考えるのやったら、もう一遍、みんなの力をわたしに貸してくれまへんやろか。それとは別に、自分の身を立てるために、こうしたいああしたいとの相談があったら、わたしはお奉行さまから咎められない限り、どんな話にも乗せてもらいますさかい、そこのところを心得ておいてほしおす」

闕所とは江戸時代の刑罰の一つ、地所や財産を没収されることをいう。

宗琳は全員が黙然とうなだれる顔を一通り眺め、大番頭の清左衛門と中番頭の忠兵衛に蔵の鍵をあずけ、金箱を運んでくるように命じた。

ついで女中頭のお房にむかい、おまえは近所から奉公に通っていることでもあり、清左衛門とともに一応の決着をみるまで、店にとどまってもらえまいかと頼んだ。

老女のお民は事情柄、まもなく奉行所から与力や同心が迎えにくるにきまっている。宗琳が家や親許でひかえていてほしいといったのは、かれらに対しても町奉行所の訊問がいずれあると考えたからであった。

みんなが洟をすすったり、目を拭ったりするなかで、女中頭のお房と手代の新助が、特に声をしのんで泣いているのが、宗琳やお民の注意をひいた。

「お房はん、大旦那さまが頼んではりますがな。なんとかいいなはれ。それに大旦那さま、わたしの親許は洛外いうても下桂村。これから先、なにやかやと使い走りもいりまっしゃろし、このままお店に置いてくんなはれ」

突然、丁稚の徳松がはっきりした声で宗琳にいい、お房の背中をつっついた。

かれだけは険しい目付きになりながらも、泣いてはいなかった。

「うちもや――」

徳松に好意をもつ小女のおひさが叫び、お妙や手代の源三たちが彼女の声につづいた。

「みんないうてくれるのはありがたいけど、そしたら徳松とおひさにいてもらいますさかい、それで十分や。あとはわたしに気を遣わんときなはれ。みんなおおきにおおきに」

徳松は十歳の少年だが、子供ながら肝が太く、見所が感じられる。人間はいざとなったとき、本質の片鱗をのぞかせるものなのである。

事件の直後、鎰屋の家内はこうして始末がつけられ、夕刻、宗琳が見込んだ通り、東町奉行所の吟味方与力が、お民を召し出すため、町年寄と同道してやってきた。

翌日から寒さが一段ときびしくなり、数日後、京は大雪に埋もれた。

「六角の女牢に火桶など置かれてるはずもない。出入物やったら公事宿の主に頼んで以茶のようすもきけるけど、この冷えのなかで、以茶はみじめな思いでどないに寒がっているやろ。大森左内さまかて同じこっちゃろなあ」

鎰屋は市中屈指の紙商だけに、宗琳のもとには、獄中の以茶の消息はともかく、事件のようすや吟味の進み工合は、ときどき人からもたらされていた。

かれは見舞いに訪れた同業者の一人に相談をかけ、船屋町の町年寄、瀬戸物屋の桂屋門左衛門に、左内の妹伊勢の保護を、早くから丁重に依頼していた。

特に暖簾分けした店の主たちには、彼女の今後の生活の面倒まで頼んだ。

宗琳が東町奉行所に出頭を命じられたのは三回、いずれも吟味方総与力の高木重左衛門から、以茶と栄次郎夫婦の関係や家内でのようすを詳細に訊問された。二度目のとき、高木重左衛門は姿勢を改め、宗琳が栄次郎の実家へ三百両の金子を届けたことについて糺した。かれは栄次郎やその両親、兄の弥市に相すまぬと考え、詫び金と供養料のつもりだと、ありのままの気持をのべた。

栄次郎の葬式は、事件の二日後、実家でひっそり営まれていた。

「そなたの厚い気持、わしたちにもわからぬではない。だがお奉行さまは、今度だけに限り叱ってすませるが、以後、出すぎた行ないをいたさせるなと仰せられておる。深く心得るのじゃ」

重左衛門は宗琳を見すえて叱りつけた。

事件の審理にあたる赤井忠昌や重左衛門などの関係者には、宗琳の行為が以茶の情状酌量をもとめるものに映ったからであろう。

宗琳への訊問は、毎回ともきわめて丁重であった。紙屋仲間（組合）の総代たちが、公家衆、各宗本山、江戸幕府方の禁裏付武士たちに働きかけていたからである。

だが特異な事件だけに、情状酌量の余地は、以茶と大森左内にまで及ぶべくもなかった。

京の冬空は鉛色の雲におおわれ、二人連れが首をすくめて鎰屋の前を通りすぎたあと、また雪がちらつきはじめた。

鎰屋は大戸をおろしたまま、廃屋に似た姿でひっそりしている。店先を通る者たちは、遠慮のない雑言を吐いていったが、町内や以茶を知る多くの人々は、鎰屋に同情の声をよせ、けっして悪くは評さなかった。

普通なら大戸をおろしていても、礫が飛んできたり、事件を風刺した落首（狂歌、狂句）の一枚ぐらい表に貼られる。だが鎰屋の歴代がつんできた陰徳と、慈悲深くすごしてきた以茶の人柄の二つが、人々にそれをさせなかったのである。

「ごめんなされ。宗琳どの、わしじゃわしじゃ」

響きのいい大声が、ほどなく鎰屋の大戸を叩いた。上品蓮台寺・大慈院の栄寛。墨染め姿で仏鉢をたずさえ、托鉢のもどりらしかった。

息をきらせていることから、途中、何か重大な事をきき、駆けつけてきたようすがうかがわれた。

「はい、ただいま――」

大戸の奥から徳松の声が起こり、潜り戸の閂がかたっとはずされた。

「これは大慈院のお上人さま」

徳松は顔をこわばらせて栄寛を店内に迎え入れた。

「徳松、おぬしは息災か。宗琳どのはご在宅じゃな」

「はい、仏間でお経を唱えておられます」

「どれだけ経などよんだとて、なんの益にもならぬわい。仏間にわしを案内いたせ」

栄寛は吐きすてるようにいい、徳松より先に店棟から奥に足を急がせた。

徳松は潜り戸の閂をかけ、あわててかれの後を追った。

「大旦那さま、大慈院のお上人さまがおいでになりました」

奥棟の上り框で、もどかしげに草鞋の紐を解く栄寛の足許にかがみこみ、徳松は仏間にむかって叫んだ。

宗琳がよんでいたのは『阿弥陀経』。舎利弗、於汝意云何。何故名為一切諸仏所護念経。舎利弗、若有善男子善女人、聞是諸仏所説名及経名者（舎利弗よ、汝の意においていかに。何がゆえに名づけて、一切の諸仏に護念せらるとなすや。舎利弗よ、もし善男子善女人ありて、この、諸仏の説くところの阿弥陀仏の名およびこの経の名を聞かば）

宗琳の声がにわかに低くなり、はたと止まった。

笠の紐をときながら、栄寛は仏間に急いだ。

「栄寛さま――」

数珠を握ったまま、宗琳が立ちあがってかれを迎えた。

「さようにあわただしく、なにかございましたのじゃな」

やつれ果てた宗琳の顔がさっと緊張した。

「なにかございましたかどころではないわい。わしは先ほど、仙洞御所のあと所司代屋敷に豆腐を納めにまいった車大路の奥野丹後屋の治助に会い、えらい話をきいてきた」

「えらい話とはなんでございましょう」

気持が急くのを押さえ、宗琳はかれに訊ねた。

車大路とは、現在、平安神宮が営まれる岡崎の東あたりから、粟田口への道を指した。東山の山塊をひかえるこの辺りは、良い湧き水にめぐまれ、「奥野丹後屋」の主治助は、仙洞御所や所司代屋敷から豆腐の注文をうけたまわっていた。嘉永四年に刊行された『京都商人買物独案内』に、南禅寺・湯豆腐奥野丹後屋――と記されるのが、かれの末孫に当たり、現在は〈奥丹〉と短く名を改め、南禅寺の湯豆腐で知られ、当主は十二代目になる。

「以茶どのに厳罰が下されようとは考えていたが、治助からそれをきかされ、わしも驚いた。わしはさしずめ左内どのは磔、晒(獄門)に処せられるとしても、以茶どのは終生遠島ぐらいだと、勝手に思案しておったのじゃが」

栄寛は宙に視線を浮かせ、独言をもらした。

「それでは以茶にも磔、晒とのお沙汰が下されましたのか——」

宗琳が口の中でつぶやき、その場にへたりこんだ。以茶が残酷な刑に処せられると知り、目が虚ろになっている。

奥野丹後屋の治助は、京都所司代屋敷に豆腐を納めにいき、屋敷内でささやかれる噂をきいた。そして竹屋町の油小路で、昵懇の栄寛に偶然出会い、鎰屋以茶の凶報を告げたのであった。

「あの以茶さまが磔、晒になるとは、いかにもお気の毒でございまする。大慈院のご院主さま、なんとかなりまへんやろか」

以茶の人柄を幾分、知っているだけに、供御の衣装をまとった治助は、荷車の梶棒をにぎる奉公人を待たせたまま、栄寛にむかい表情を翳らせた。

供御の衣装とは、正式には〈御厨子所供御人衣装〉という。簡単にいえば、朝廷で用いられる魚、野菜、菓子などあらゆる品を献進する者に賜わる衣装。背中に天皇家の紋章、十六花弁の八重菊が、黒で大きく染め出され、これを着た男女に出会うと、京童たちは立ち止まって道をゆずる。京では珍しくない光景だった。

「ここにくるまで、わしは以茶どのと左内どのの命をなんとか助ける方法はないか、必死に考えてまいった」

栄寛は眦（まなじり）をつりあげ、口を固く結んだ。

宗琳はあまりな厳罰と知り、呆然とかれの顔を見上げるばかりであった。

「宗琳どの、そなたわしの言葉をきいているのか、それともきいておらんのか」

苛立（いらだ）たしげな声が、仏間の外にひかえる徳松や、あとから二人を追って現われた大番頭の清左衛門の耳にも爆（は）ぜた。

「はい、きいておりますけど、所司代屋敷での噂は奉行所から届いたもの。もはやなんともなりまへんがな」

京都所司代屋敷と東西両町奉行所は、二条城を南北にはさんで構えられている。朝廷支配と西国ににらみをきかせる江戸幕府のあらゆる機能が、この二条城のまわりにほぼ集められていたのであった。

「それは宗琳どののもうされる通りじゃ。だがなあ、ただ一つ、以茶どのの命を救う方法がないでもない。わしがそれをふと口にいたすと、治助の奴が、うちかてどのような協力でもさせてもらいますさかい、是非ともそうしたっておくれやすと、わしに頼みおった。

考えてみれば、これが出来るのはわししかおるまい。その折、手助けの僧侶も要るほか、かなうなら以茶どのの仕置きを見に集まる人々のなかに、市井で知られるしかるべき人物が欲しいのじゃが」

以茶の救出について決意を固めたのか、栄寛の口調がしだいに落ちついてきた。

当時、京には罪人の処刑場として、有名な山科日ノ岡の東海道筋に東処刑場があり、平安時代から明治まで、ここで約一万五千人余が命を落とした。さらに二条下嵯峨街道北に、西土手処刑場が設けられていた。同所は紙屋川の西、御土居の西にあったことから西土手処刑場と呼ばれていた。

もっとも、罪人を処刑する場所は、これらだけとは限らなかった。処刑を一般に公開すれば犯罪の抑制力になるとの考えから、見物人が多く集まる六条河原や二条河原で往々行われた。

栄寛が奥野丹後屋の治助からきいたのによれば、以茶と大森左内の処刑は、六条河原に青竹で囲いをつくり、そこで執行されるそうであった。

六条河原では建永元年、浄土宗の開祖法然上人弟子の安楽房遵西たちが処刑され、関ヶ原合戦に敗れた石田三成、安国寺恵瓊、小西行長らも市中引廻しのうえ、ここで首をはねられている。

「え、栄寛さま、以茶の命を助けられるなら、どんな方法でもかましまへん。ど、どないな工合にいたしますのや。わたしにもきかせとくれやす」

宗琳の目にやっと生色がよみがえり、声に必死さがにじんだ。

「袈裟がけじゃ、わしが以茶どのに袈裟がけをいたすのよ。だが以茶どのと左内どの双方にそれをいたすのはどだい無理。また栄次郎どのを殺めたとされる左内どのに袈裟をかけたとて、世間は承知すまい。助けられるのはやはり以茶どのだけじゃ――」

「袈裟がけ、袈裟がけでございまするか」

栄寛をみつめる宗琳の目に、はっきり一穂の灯がともった。

袈裟がけ――の言葉を国語辞典で引くと、一方の肩から他方の脇の下へかけ、斜めに斬り下げること。袈裟斬り、などと書かれている。これは正しい説明でありながら、実は正確ではない。袈裟がけの本質をいっていないからだ。袈裟がけの本来の意味は、死をふくんだこれとは全く逆で、命の救済に発している。

江戸時代、処刑されかけた罪人を、公然と救う方法が一つだけあった。それは高徳の僧による袈裟がけだった。処刑場に罪人が運ばれてくる。唐丸籠の場合もあれば、両手を後ろでくられ、裸馬に乗せられてくる者もいた。

以茶と左内の場合は、おそらく後者だろう。

高徳の僧がそれにむかい、遠くから着ている袈裟を投げかける。これが袈裟がけなのである。

その行為の根底には、罪を憎んで人を憎まずといった慈悲の心や、人間救済の精神があり、司直も現世の法を超越した万代不易の仏法の精神に敬意を表し、袈裟がけされた罪人の処刑を中止した。

もっとも、どんな罪人にもこの救済が適用されたわけではない。それにもやはり心得があり、親、主、夫、子殺しに限っては、高僧も袈裟をかけなかった。袈裟が見事にかかれば、僧侶はその罪人をもらいうけ、司直と相談し、当人の〈再生〉を考えたのである。

正徳（しょうとく）五年、大坂の竹本座で、人形浄瑠璃『大経師昔暦（だいきょうじむかしごよみ）』が初演された。作者は近松門左衛門。かれは三十二年前、京・大坂をさわがせた姦通事件をとりあげ、これを書いた。またこれに先がけ、井原西鶴も京都で起こったこの有名な事件をもとにして、『好色五人女』を執筆している。

事件は烏丸（からすま）四条下ルに店を構えていた大経師以春（意俊）の妻おさんが、所用で夫が江戸に行っている間に、手代茂兵衛と情を通じ、丹波柏原(かいはら)に駆け落ちした。だが二人とも捕えられ、密通の科(とが)で町内引廻しのうえ、粟田口の処刑場で磔にされたというものである。

大経師は朝廷にも出入りが認められ、大経師暦の発行をゆるされる由緒ある家柄。経師、表具師の支配も行なっていた。

おさんは室町下立売りに住む岐阜屋道順の娘。十四、五歳のとき、西陣織物の名家御(ご)寮織物司(りょうおりものつかさ)筆頭の紋屋井筒家へ女中奉公に出た。そこでその美貌を見初められ、十九歳で相当年上になる以春のもとに嫁いだのであった。

姦通事件は六年後に起こっている。

おさんと茂兵衛の処刑が決ったとき、今出川七本松西の金山天王寺の僧道心が、二人の救命に奔走し、袈裟がけを企(くわだ)てた。だがおさんと茂兵衛を憎しとする以春の邪(よこしま)な気持にはばまれ、実現はできなかった。

近松門左衛門は『大経師昔暦』のなかで、黒谷の東岸和尚が刑場に駆けつけ、おさんと茂兵衛に袈裟がけを行ない、二人が助命されたと描いている。この初演は二人にとって三十三回忌の年に当たり、かれは二人の恋の成就を、鎮魂の思いで描いたのだろう。

栄寛は大きな目で、じろりと宗琳の顔を眺めた。

「栄寛さま、なにとぞ、以茶に袈裟をかけてやってくださりませ。わたしにできることやったら、どないなことでもいたしますさかい——」

親として血のにじむような懇願であった。

「それをかなえさせるのは銭じゃ。袈裟をかけるのはわしだが、近くに高徳の僧がいるのがよい。さらに以茶どのの人柄を知る多くの人々にも、加勢を頼みたいものよ。袈裟がうまくかかるかどうか、わしにはとんと自信がないからじゃ。それに市井に知られたしかるべき高名なお人がいれば、大きな声を出してもらえてなおよいのじゃが——」

袈裟がけを断行すると決意した栄寛は、目を宙に浮かせつつぶやいた。

「金なら鎰屋の身代を出しつくしますけど、さように高名なお人をなあ——」

誰か心当たりでもあるのか、宗琳は思案しながらつぶやいた。

「宗琳どの、思い当たるお人がござるのじゃな」

すかさず栄寛がただした。

「ないでもございませぬ。四、五年前、わたくしと以茶が俳諧を学んでいた烏丸仏光寺西にお住いの夜半亭蕪村さまはどうどすやろ」

かれは胸裏でなお心当たりを探りつつ答えた。

安永七年、与謝蕪村は六十三歳。同六年から七、八年にかけ、かれは大作『おくのほそ道』画巻を、数奇の分限者から依頼されるままつぎつぎに染筆、兵庫の北風来屯に宛てた同年七月五日付けの手紙に、「愚老生涯の大業と被存候」と述懐している。

その一方で蕪村は、西洞院椹木町の柿屋伝兵衛から出戻ってきた娘くのと、たびたび諍いを起こした。また遊女小糸と老いらくの恋に燃えており、金福寺芭蕉庵再興の発起人の一人となった高弟、樋口道立から、意見をくわえられ、「青楼の御異見承知いたし候。御尤の一書、御句ニて小糸が情も今日限ニ候。よしなき風流、老の面目をうしなひ申候。禁べし」（後略）との書状を、道立に宛てしたためている。

蕪村の芸術からは、枯淡や老成は感じられない。かれの創造の源泉は、青春への回帰とその持続だった。

そのころ蕪村が詠んだ老艶の句がある。

巫女に狐恋する夜寒かな

みの虫の古巣に添ふ（う）て梅二輪

鎰屋以茶がその後、四国遍路のなかで詠んだ句にも、梅の句がある。

行く雲や梅一輪の水たまり

彼女は胸の中で吟じ、また歩きつづけた。

夕立ちや人なき家の濡れ衣(ごろも)
くたびれし遍路のやすむ船の陰
木枯しや紙子(かみこ)をゆする年の暮

「なるほど、与謝蕪村どのは、川越侯の京都御留守居役を門弟にいたされるほどご高名じゃが、いまはとかく遊女との噂が巷間(こうかん)にあり、わしが求めるしかるべき人物とはいいがたい。まあそれはよい。以茶どののご不幸を嘆く見物人が、一人でも多く六条河原に集まれば、そこはなんとかなろう」

栄寛は言下に蕪村の起用を拒(こば)んだ。

川越侯とは武蔵国川越十七万石松平大和守。蕪村に小糸との老いらくの恋をいさめた樋口道立は、通称を源左衛門といい、同藩京屋敷の御留守居役だった。

仮りに蕪村が栄寛のもとめる市井（しせい）高名の適任者だとしても、かれは遊女小糸に夢中の時期であり、数年、門人帳に名をつらねたにすぎない鎰屋以茶のことなど、すっかり忘れているだろう。

かれに以茶を案じる作品が一つもないからである。

宗琳が立ちあがり、仏間に活気が生れた。庭には霏々（ひひ）と雪が落ちていた。

三

手をすりつ日向（ひなた）に移る冬の蠅

これは鎰屋以茶が、女牢のなかで詠んだ句の一つ。獄中の寒さと、呻吟（しんぎん）の深さのほどがしのばれ、死を間近にひかえながらも、澄明な精神が感じとれる。

二年後の夏、以茶は季節的にこれと対（つい）ともいえる句を作っている。おそらく、遍路宿か善根宿のせまい東部屋にでも寝かされ、一夜を明かしたときの句であろう。

短夜(みじかよ)や眠りの浅き東窓

彼女が四国をたどりつづける羇旅(きりょ)の途中で吟じた句を、すでにいくつか紹介してきた。これらから推察できるのは、以茶が自分は一時期、与謝蕪村の門人として俳諧を学んでいた、その事実を心に刻み、日々、生きる縁(よすが)として句を作っていたのではないかと考えられることだ。

刑死はまぬがれたが、彼女は世間から遺棄された。死への憧れが、いつも彼女を微妙に誘っていた。

安永七年十二月二十日になった。

この三日間、東町奉行所の公事場(白洲)に出座させられた鎰屋以茶は、吟味方総与力高木重左衛門同席のもとで、奉行赤井越前守忠昌から、御仕置申渡書(もうしわたししょ)にもとづき、事件の〈落着(らくちゃく)〉をいい渡された。

江戸時代、出入物の判決は〈裁許〉といい、吟味筋では〈落着〉と称した。上訴制度はなく、一審がすなわち結審で、落着がもうし渡されると、すぐ刑が執行された。町奉行から御仕置申渡書をあずかった首検使与力が、牢舎におもむき、そこでいい渡す場合もみられた。

　鎰屋以茶と大森左内への御仕置は、予想された通り、二人とも市中引廻しのうえ、六条河原で磔、晒という厳しいものであった。

　同日の昼すぎ、以茶はまだ知らなかったが、父鎰屋宗琳に家内取り締り不始末のかどをもって過料（罰金）三百五十両、貸家並びに船屋町の長屋は闕所（没収）、紙屋の営業は特にお慈悲をもってさし許すとのお沙汰がいい渡された。

　事件に関わった桶屋仁吉夫婦、鎰屋老女分民、幹太夫婦は、公事場に呼び出され、〈急度叱〉を宣告されたあと、請書に署名押印して放免された。

　下っ引きの島蔵は、役儀の執行に手落ちがあったとして十手を取りあげられ、免職処分の沙汰をうけた。

　処刑当日の二十日の朝、以茶は雀の鳴き声で目をさました。昨夜はなかなか眠りにつけなかった。

　市中引廻しの屈辱や、磔、晒への恐れからではない。六角牢屋敷では、女牢と男牢が遠く離れて構えられており、取り調べは全く別々。左内ともども処刑されるなら、一夜明ければ左内に会える。その期待が彼女の胸を躍らせ、眠りにつけなかったのである。

「鎰屋以茶、本日五つ半（午前九時）、ここから出牢いたし、馬において六条河原に送られ、仕置が行なわれる。まことに気の毒じゃが、覚悟はできていような」

二人の小者が、最後の朝食と白衣一そろえを独牢に運んできた。それに同道してきた女牢掛与力の多田嘉門が、牢格子の外に立ったまま、顔に憐憫の色をうかべ彼女にたずねかけた。

以茶が意外に落ちつき、やつれた顔に微笑さえただよわせているのが、多田嘉門には不審だった。

「ここにもながながとお世話になり、なにかとお気遣いいただき、ありがとうございました。もとより死ぬ覚悟はつけておりますさかい、ご心配はご無用でございます。それより大森左内さまはいかがしておいでになるか、ご様子をおきかせいただけませぬか」

以茶は少しでも早く左内に会いたかった。

西錦小路の幹太の長屋で捕えられてから、かれとは一度も顔をあわせていないのである。

「もはやお奉行さまから一件落着がいい渡されたゆえ、隠さずにもうすが、大森左内どのはいたってお元気じゃ。ここずっと、妹御の伊勢どのから差し入れられた書物を読んですごされていた。浪人といえどもさすがは武士、磔、晒の沙汰を泰然として承服いたされ、ひたすらそなたの身ばかりを案じておられるそうな。先ほど男牢の掛与力に出会うたが、やはりそなたの様子をたずねられたときいた」

掛与力の言葉遣いが丁寧なのは、これから死に往く者への配慮。安らかな気持で刑場へむかわせるためだった。

「それをうかがい、うちも安堵いたしました。早うお会いしたいものでございます」

「そうであろう、そうであろう。お奉行さまの御仕置申渡書の次第はともかく、惚れ合うた男女が、生木を裂かれるようにむりやり別れさせられたのじゃ。寸刻でも早く、お互い顔なりと見たかろう。だがあまり急くではない。いま少しの辛抱じゃ」

多田嘉門は五十歳。これまで何人もの死刑囚に接してきたが、一度糺（審理）に抗ったものの、鎰屋以茶や大森左内両人ほど、生に対する執着を早く棄てた者は、かつて見たことがなかった。

どんな犯罪においても、共犯の男女がいざ捕えられると、身勝手に自分だけ助かりたいと考え、公事場では証言が大きく食い違う。醜い変節は珍しくなく、顔を合わせてののしり合う場面すら、嘉門はたびたび目にしてきた。

それにくらべこの二人は、男牢と女牢に別れて暮しながら、お互いに相手をいたわり、御仕置をもうし渡されたあとは、かえってほっとしたようすさえ浮かべている。

特に以茶は、鎰屋宗琳が一部財産の闕所をもうしつけられたものの、店の営業は許され、関係者一同が急度叱のお沙汰だけですまされたことを、その翌日、多田嘉門からこっそり告げられると、両手をついて深々と頭を下げ、かれに礼すらのべた。

「鎰屋には大勢の奉公人も、さらには妹もおりますさかい、うちの不始末でみんなを路頭に迷わせるのではないかと、実は日夜案じておりました。それをおきかせいただき、ほんまに安堵いたしました。これで思い残すこともなく死んでいけます」

冷えびえとした女牢の床に正座し、以茶は獄衣の袖で目頭を押さえた。

「所司代や両町奉行所の間で、相当の議論がござったそうじゃが、紙屋仲間、町年寄衆、諸社寺、それに四条侍従さまを通じて山科忠言さまからのお口添えもあり、さように穏便なお仕置になったと、わしはきいておる。まあよかったのう」

山科家は四条七家の一つ、ほかに四条、鷲尾、油小路、櫛笥、西大路、八条——の各家があり、山科敬言は同年二月三日に死去、嫡男忠言があとを継いでいた。

おそらく若い山科忠言は、家領の家に起こった事件を醒めた目で眺め、栄次郎の両親や兄弥市夫婦に分別をもとめ、鎰屋の救済に尽力したのだろう。

「鎰屋以茶、今朝は牢屋敷の台所方が特別に白粥を炊いてくれた。おばんざい（副食）は精進物だけで相すまぬ。喉には通るまいが、まあ食べてくれ。これはわしのほんの気持じゃ」

多田嘉門が小さな紙包みを、牢格子の間からひょいと投げていった。

——これはいったいなんやろ。

以茶は塗りの剝げた四角盆を引き寄せるより先に、牢内に投げられた紙包みに手をのばし、捩りを解いて中を改めた。

白綿にまぶされたかぐわしい匂いがぷんと鼻につき、その隅に小さな口紅のかけらがのぞいた。

「掛与力さま、おおきに、ありがとうございます。このお情けは、あの世に行っても決して忘れしまへん」

目をつむり、以茶は声もなく多田嘉門の後ろ姿を拝した。

だがかれは、死化粧の具を置いていったのではない。女として少しでも美しく装い、愛しい男に再会して、あの世に往くがよいとの気配りをしたのであった。

かれの優しい気持が、じんと胸に伝わってきた。

世の中には、盗癖も持たずさして悪人でなくても、暮しや切迫した事情に追いつめられ、他人の物を盗まなければならない人もいる。また相手を殺す者もいるものだ。人生の暗黒に直面したこうした人間を救うのは、人間の深い情やあたたかい気持だが、不幸にしてその網の目からこぼれ、奈落の底に落ちた人にほど、さらにそれが求められる。

以茶は背筋をのばして白粥を行儀よくいただき、わずかに残した米粒を、牢の小さな格子窓の縁に爪先立ち、手をのばして乗せた。

いつも自分を慰めてくれた雀に、餞別として置いたのである。

それから死装束に改め、多田嘉門がくれた品で化粧にかかった。

自分の顔を映すものなどないが、白綿にふくまれた白粉を幾度となく顔にはたき、小指の先で紅をすくいとり、薄く唇にぬりつけた。

多田嘉門は、牢屋敷奉行から以茶の出牢証文を受けとり、半刻ほどあと、再びここに現われることになっている。

引廻しのうえ磔など刑の執行は、奉行が当事者に御仕置をもうし渡したあと、すぐ準備にとりかかる。

　青竹を刑場のまわりに結いまわし、磔のための磔柱、引廻しに必要な捨札や紙幟（かみのぼり）、ほかに出役（でやく）の選定も急がれた。

　捨札、紙幟の二つは、当人の犯罪事実を記して、市中引廻しの際、小者が裸馬の先を持って歩く。文案は吟味方与力が作り、町奉行所御用部屋の祐筆（ゆうひつ）が能筆をふるった。さらに引廻しに用いる馬の仕度、町触れも行なわれる。

　これらの用意は、すでに万端怠りなくととのえられているはずである。

「鎰屋以茶、外に出ませい」

　多田嘉門が、曳者番（ひきものばん）与力、晒検使与力など磔刑執行に立ち会う出役をともない、厳しい顔で牢の前に現われたのは、五つ半（午前九時）丁度であった。

　以茶は正座してかれの声をきき、両手をついて承諾した。

　後ろで束ねた髪が、右肩に垂れた。

　女牢の鍵が、牢役の手でがちゃんと開かれる。

「後生（ごしょう）だけを願い、誰も怨むではないぞよ」

　多田嘉門の指図にしたがい、曳者番与力の下役が、以茶を牢外の石畳の上に坐らせ、両手首を後ろにまわしてがっしり縛った。

今日の引廻しは、囚人を馬にのせて六角牢屋敷の正門を出発し、六角通りをまっすぐ東にすすみ、寺町通りを右に折れて南に下る。そしてそのまま、五条通りまで衆目にさらして裸馬を歩ませ、五条大橋の袂から鴨川の河原におりる。

六角牢屋敷に収容される死刑囚のなかで、磔、獄門など重罪者の刑執行は、往年からいつも十二月二十日と決められていた。

この日、死刑執行をまぬがれた者は、また一年、延命の安堵と死を数える恐怖の日を送ることになる。

寺町通高辻下ルに、浄土宗浄国寺が西にむかい山門を構えていた。同寺は〈果ての二十日寺〉との異名を持っている。

市中を引廻されてきた死刑囚が、同寺の門前で馬乗のまま休息をあたえられ、同寺の僧から木杓で末期の水を供されるため、こんな異名がつけられたのである。

両腕を後ろで縛られ、全身に縄をうたれた鎰屋以茶は、曳者番与力に縄先をとられ、牢屋敷の表庭に歩んでいった。

このとき脇棟の潜り戸から、白衣を着た大森左内が、やはり曳者番与力に縄先をとられ、静かに現われた。

一瞬、二人の歩みが止まり、互いの目が熱い思いをこめてからみ合った。

「左内さま――」

「おお以茶どの、息災なごようすで何よりじゃ」

左内は柔和な顔になり、以茶にうなずいてみせた。

「あの夜、うちが堪えもなく、お長屋へお訪ねしたばかりに、このような仕儀となり、もうしわけございませぬ」

以茶は切ない声で左内に呼びかけた。

「以茶どの、今更、なにをもうされる。わたしとそなたの不義密通は事実、さりながら、わたしはそなたを自分の妻だといまでは固く信じている。栄次郎どのを殺害したのが、わたしと以茶どのとされるなら、それもそれでよい。われら二人、あの世で立派に添いとげましょうぞ。詫びをいわねばならぬのは、以茶どのを不幸なめに遭わせたわたしの方でござる。さあ、死出の旅にまいろう」

左内は双方の曳者番与力に、温情を謝する会釈を送り、出役の小者が轡をとる裸馬にと、以茶をうながした。

「さ、左内さまは、うちを妻だともうしてくださいますのか」

「いかにも、そなたはわが妻じゃ。死出の旅にとものうてまいる。よいな——」

険しい目で、左内は以茶にもうしつけた。

「い、以茶は、うれしゅうございまする」

やがて曳者番与力の下役が、それぞれ二人がかりで、以茶と左内を裸馬の背に乗せあげた。

引廻しの先頭を歩む小者が、捨札と紙幟を高々とかかげ、行列が動き出した。

牢屋敷の門前から、わあっと喚声がひびいてきた。

以茶と左内には、磔のうえ晒の付加刑がつけられている。普通なら市中を十分に引廻されたあと、青竹で囲まれる六条河原の竹矢来に入るはずだが、まっすぐ六条河原にむかうその道筋には、それなりの温情が加えられていた。

「あの男と女子が、店の若旦那を殺したのやな。人相だけ見てると、とてもそないに思われへんけどなあ」

「人は見かけによらんというさかい、簡単に顔だけでは分別できへんわいな」

「あの女子、うっすら笑っていよるやないか」

「そら好いた男と不義密通を重ね、磔にされるんや、死んでも満足やわいな」

「男かて堂々と馬に乗ってるがな」

引廻しの行列が進む町筋では、さまざまなささやきが、以茶と左内の耳に届いてくる。

以茶は自分を妻だといってくれた左内の言葉がうれしかった。

その言葉をくれた左内が、自分の前を進んでいく。馬の黒い尾が左右にゆれるのを、なんの動揺もなく眺められた。

　これはこの馬の背に乗り死出の旅
　これもよしまことの人と黄泉の旅

二つのうち、どちらがようございましょう。

以茶は胸のなかで左内の背に問いかけた。

六角通りを東にたどり、寺町を南にむかった。

沿道の両側は、一目引廻しの男女を見物しようとする人々でびっしり埋まり、寺町通高辻の浄国寺の門前では、因習にもとづき、寺僧から木杓で末期の水をあたえられた。

「以茶どの、旨い水じゃ。もはや悔むことは何もござらぬ」

左内は小者から末期の水を一口もらい、木杓が浄国寺僧の手にもどされるのに一礼し、後にしたがう以茶をふり返った。

「あなたさま、うちも本望でございまする」

二人を乗せた裸馬が、五条大橋に姿をみせ、鴨川の河原に下りてきたのは、間もなくであった。

広い河原を人が埋めつくしている。

灰色をした冬空から、雪が散らついていた。

「道を開けい、道を開けるのじゃ——」

曳者番与力の下役たちが、群衆にむかい叱咤の声を浴びせつけた。

前方に青竹を結いまわした囲いが見える。

このとき以茶は、自分の胸の底からせりあがってくる不快なものを感じた。

気持だけは確かで、死への恐れなど全くなかった。この不快はなんだろう。かるいむかつきが、鎰屋以茶を惑わせた。

左右から罵声や同情の言葉がとんでくる。

以茶の顔にも、さすがに暗い翳(かげ)がにじんできた。

捨札と紙幟をかかげた先頭が、青い竹矢来の中に入った。二つには自分と左内の罪状が明記されている。

——うちは死ぬのをこわがっているのだろうか。いやそうではない。自分と左内さまが殺されるのを、見物にくる物好きたちがおぞましいだけだ。

彼女は喉許にせりあがってくる不快について、自らにいいきかせた。

大森左内を乗せた裸馬が、竹矢来の中に入り、以茶の馬も見物人の喚声につつまれ、囲みの中につづいた。

同時に、大勢の人々に担(かつ)ぎあげられた僧形が、六尺余りも高さのある竹矢来越しに、裸馬に乗った以茶にむかい、金色に輝くなにかを放り投げた。

上品蓮台寺・大慈院の栄寛が、重石(おもし)をうまく包みこんだ金襴(きんらん)の袈裟を、以茶をめがけ投げかけたのである。

竹矢来を囲んだ群衆から、わあっと喚声があがり、どよめきが広い河原を大きくゆるがせた。

「袈裟がけじゃ。どこかのお上人さまが、女子に袈裟をかけられたぞ——」

栄寛の投げた金襴の袈裟は、以茶をめがけ飛ぶには飛んだが、彼女の身体に触れたのはちょっとだけ、黒髪をたらした背中をかすめ、栗毛の馬の尻にふわっとかかった。

「何者じゃ。不埒をいたすな」

曳者番与力の下役たちが、袈裟がとんできた方にむかい、目を怒らせて叫んだ。

竹矢来の外が騒然となっている。

「袈裟がかかったぞ——」

「大慈院の栄寛上人さまの投げられた袈裟が、以茶さまにかかったぞよ」

竹矢来の外には、これまで以茶から数々の慈悲を受けた貧しい人々が、彼女の死を見送るため、泣き腫らした目で行列を見守っていた。

こうした老若男女の口から、一斉に声がわき、あたりは一層騒然としてきた。

竹矢来が激しくゆすられる。

騒ぎに驚き、以茶と左内を乗せた馬が棹立ちになり、馬の轡をにぎった小者が、あわてて馬を鎮める。

その馬が棹立ちになったとき、以茶は一乗寺村の義兄嫁お満が、竹矢来を両手でにぎりしめ、涙を流しながら、必死で自分をみつめている姿を、ちらっと目の隅に入れた。

「かかった。袈裟は確かに以茶さまの肩にかかったぞよ」

「わしもみた。こうなればご助命じゃ。お上人さまのお救いにまかせねば、天罰が下されるわいな」

叫び声があちこちから上がり、引廻し出役たちを戸惑わせた。

目前に間（ま）を二間ほどあけ、磔のための磔柱が横たえられている。

馬が激しくいななき、竹矢来の中が混乱した。

「鎮まれ、鎮まらぬか――」

襷（たすき）をかけた曳者番与力や下役、また晒検使与力たちが、群衆に身構え罵声（ばせい）を浴びせつけた。

「なにが鎮まれじゃい。お侍衆は、ありがたい仏法の掟（おきて）を破るのかいな」

「そうじゃそうじゃ。お上人さまのお慈悲をないがしろにすれば、江戸のご老中さまから厳しいお咎めがくるにきまってるわい」

おもだつ抗議の声は、どうにかして以茶を助けたいと奔走した鎰屋宗琳の頼みを引き受けた人々と、以茶の慈悲をこうむった覚えのある者たちでしめられていた。

竹矢来がまたぎしぎしゆすられ、六尺棒を構える見張り役たちの前に、いまにも倒れてきそうだった。

以茶も左内も、自分たちをとり囲む騒然とした雰囲気に、馬上から目をみはった。

袈裟がけなど予想もしていなかったからである。

栄寛の投げた金襴の袈裟が、以茶を乗せた馬の蹄で踏みつけられていた。

「この騒ぎ、いかがいたす」

曳者番与力や晒検使与力たちは、袈裟がけの助命の話こそきいていたが、現実のそれに直面するのは初めてで、急いで集まり、狼狽して互いの意見をたずね合った。

「見物人は袈裟がかかったと叫びたてているが、僧の投げた袈裟は、罪人の背に触れただけ、馬の尻にかかったにすぎぬ」

「いや、馬があのように暴れては、そうとも断じきれぬ」

「袈裟を投げたのはどこの僧じゃ」

「上品蓮台寺の栄寛上人さまとみた」

あわただしい相談にむかい、群衆がなお袈裟がけの助命を叫んでいる。多くのわめき声が、与力や下役たちをたじろがせた。

「お奉行衆、拙僧の袈裟がけを験なしといたされるおつもりか。それならそれで、拙僧にも覚悟がござる」

　このとき、この場の主役ともいえる大慈院の栄寛が、錫杖をにぎり、竹矢来の中に踏みこんできた。

　居丈高な叫びが与力たちをひるませた。

　栄寛の大声にこたえ、見物人からどよめきが潮のようにわき起こった。

　民意は明らかに袈裟がけの験を認めている。

「おのおの方、にわか評定は終りになされよ。ここなるお上人さまの袈裟が、鎰屋以茶の肩にかかり、馬の背から河原に落ちたのは明らか。身どもの目は確かさように見た。磔に処するは、不義密通をいたし、栄次郎を手にかけた大森左内のみじゃ」

　大声をふるわせ、御用槍をかついだ御仕置役の後ろから走り出てきたのは、罪人の最期を見届けるため、行列についてきた女牢掛与力の多田嘉門であった。

「いかにも――」

　出役の一人から同意がわき、その声が与力たちの逡巡に決意をつけさせた。

「い、いやでございます。うちは命を助けられとうはおへん。左内さまと一緒に殺しとくれやす」

以茶は事態が微妙に推移するのを、馬上から血走った目で眺め、栄寛上人や多田嘉門にむかい絶叫した。

胸の底からせりあがってきた不快なものが、このとき喉許をすぎ、わっと口をついてきた。以茶は悲痛にゆがんだ顔を伏せ、口から汚物をわずかに吐いた。

「その女子を馬から降ろせ——」

「あれは悪阻、かわいそうに鎰屋の以茶はんは、身籠ってはりますがな」

意識の混濁した以茶の耳に、二つの声だけがはっきりきこえた。

悪阻は妊娠の初期におこる。

不快な吐き気がつぎつぎに以茶を襲い、彼女は馬上から与力衆に抱えられ、河原の石の上に手荒らく降ろされた。

さらに激しい嘔吐感が以茶をさいなみ、ふと意識が薄れた。

手が口許を押さえたのは、与力の一人が後ろ手に縛った縄を、急いで切ったからであろう。

「左内さまと一緒に、一緒に死なせとくれやす」

どれだけ時がたったのか、以茶がわれにもどり、顔を上げたとき、大森左内はすでに磔柱に手足を縛りつけられていた。脛巾をつけた小者たちにより、高々と磔柱が立てられた瞬間であった。

河原に坐りこんだ彼女の両肩を、多田嘉門と大慈院の栄寛が、しっかり押さえつけている。

「な、なにとぞ、放して、放しておくれやす。今生のお願いどす」

以茶は自分にむかい微笑している大森左内に駆けよるため、身を揉んで泣き叫んだ。

自分だけ命を助けられてなんとなろう。

いまの吐き気が悪阻とすれば、腹の子は栄次郎と左内、いずれの子ともわからなかった。

「左内さまあ、うちも連れていっておくれやす」

絶叫する鎰屋以茶の目に、御仕置役のかけ声とともに、二本の御用槍が、冬の薄陽をうけ鋭くきらめいた。

涙で左内の姿がゆがみ、意識が朦朧とかすれてきた。

御用槍が左内の身体をつらぬいたのか、見物人の間から鋭い悲鳴がいくつも上がり、たてつづけにどよめきが響いた。

鎰屋以茶はそんな喧騒につつまれ、気を失っていった。

終章　遍照の海

鈴振つて黄泉(よみ)への旅も五年夏
雨風やわらぢを結ぶ手のひるみ

鎰屋(かぎや)以茶(いさ)は蹌踉(そうろう)と歩いていた。

笈(おい)が重く、疲れがひどかった。

自分はもうどれだけ四国の遍路道をたどっていることか。最初の一、二年は回国の数を覚えていたが、いまではそれを数える気力も失っている。面やつれがはげしく、彼女の両頬は刃物で削(そ)いだようにげっそりこけていた。

落ちくぼんだ眼窩(がんか)、気力の萎(な)えが、以茶を日毎に弱らせつつあった。

「おばちゃん、どないしはったん。お疲れどしたら、お大師さまにお頼みして、どこぞでお休みやしたらええがな」

先ほど、巡礼姿の母子が以茶を追いこしていった。

声をかけたのは幼い女の子。彼女は盲目（もうもく）の母親の手をひき、南無大師遍照金剛、南無大師遍照金剛と唱え、眼病治癒を祈願して、四国遍路をつづけているのである。

三十歳すぎにみえる母親の足取りは、それでも以茶にくらべれば確かであった。

いったい、あのお子はいくつになるのだろう。

二年前から、ときどき駅路寺（えきろじ）や善根宿でその母娘と一夜を共にするたび、胸裏で以茶は、京に残してきた自分の子の歳をかぞえた。

安永八年夏、鎰屋以茶は六角牢屋敷の一室で女の子を出産し、半月後、一生、四国遍路につけ（重追放）との仕置きを改めて受けた。そして高瀬舟に乗せられ、伏見を経て、大坂から阿波（あわ）徳島藩領に遺棄された。

所持する通行手形は初めに記した通り、酷（むご）いものだった。

遍路者の多くは、昏（くら）く重い生命（いのち）をひきずり札所をめぐっている。

かれや彼女らを日々迎える名も知れぬ四国の人々は、遍路者に施すことによって、自らの神仏の施しがあると考え、鈴の音を耳にすると、用意の布施をもち、表に出て待ちうけるのである。

だが人間は容易に悟りきれるものではない。固い覚悟で第一番札所の阿波国・竺和山霊山寺から巡礼をはじめ、讃岐国・第八十八番札所医王山大窪寺までたどりついても、生死輪廻、煩悩にみたされた俗世の記憶は、巡礼者になおついてまわっている。

かれらの菅笠には、「迷故三界城、悟故十方空、本来無東西、何処有南北」とか、また「同行二人」と書かれ、自分には大師が同行され、その庇護をいただいているとして、かれらは巡礼している。だがこれは、本質からいえば弱い立場に置かれた人間の錯誤にすぎない。往年の遍路は、そう自分をなだめなければつづけられない至難な旅であった。

わが許に大師ありますや遍路道

鎰屋以茶の笈に納められた多くの句帳には、こんな懐疑の句も記されていた。

鎰屋は家産の一部を闕所として召し上げられながら、讃岐国高松城下の旅籠井口屋藤兵衛の許に、金を届けてくれるところからみると、店はなんとか保たれているらしい。

以茶が与力にともなわれ、京の二条舟溜りから高瀬舟に乗ったとき、父宗琳（そうりん）はなにごとも高松城下の旅籠井口屋を頼れと書いた紙きれを、彼女にそっとにぎらせた。

遍路の旅をはじめて三年目、以茶は思いきって井口屋藤兵衛に仔細（しさい）をたずねた。だがかれは、京へ出て旅籠で奉公していた若いころ、宗琳に情けをかけられたことがあったと答えたにすぎなかった。

自分が獄舎で産んだ子は、妹の千寿（ちず）と老女分のお民が大事に育てているという。また大森左内の妹伊勢も、鎰屋に引きとられ、ともに暮しているときかされていた。

　鈴の音やわれに悔いありひなまつり
　たんぽぽを摘んでうづきのよみがへる

これらの句は、鎰屋以茶がわが子を偲（しの）んだ詠であった。

四国流浪の旅が、彼女に魂のこもった清冽（せいれつ）な句を作らせたのである。

　伊予国岩屋寺に詣でて

月の夜やわらぢに痛し雪の道
経を読む声一つあり石の寺

前書きをもつ二つの句を読めば、鎰屋以茶がどんな状態で、怪岩奇峰に囲まれる深山の岩屋寺にたどりついたかがわかってくる。

木枯しや土佐の仏になにいはん
琵琶をきく雨漏りわびし遍路宿

自分の心情をこううたいあげてもいる。

柿一つ枝にのこれる冬の月
卯の花や煙管（きせる）をたたく馬子の咳
鈴鳴らしいづこで死ぬる身そらかな

最後の句には、「笈を負いいづこで果てる」と、横に推敲のあとが記されている。

だが徳島藩領を通過するときにかぎり、鎰屋以茶はどの道中関所や駅路寺でも丁重に遇され、安堵を覚えた。

国許にもどった徳島藩京留守居役付きの阿部縫殿助が、父のあとを継いで、郡奉行総支配の地位につき、ひそかに保護の目を以茶に配っていたからであった。

いま彼女は土佐国をすぎ、伊予国を歩いている。第四十番札所の平城山観自在寺を訪れ、つぎは約四里半離れた宇和島城下から、さらに山間に入った稲荷山龍光寺をめざしている。

左手は海、夏の落暉が海面を赤く染め、その返照が目にまぶしかった。

「南無大師、遍照、金剛――」

以茶は小さくつぶやいたが、自分が弘法大師の灌頂号を唱えたのか、それとも海の照り返しのきつさを心で咎めたのか、いずれのつもりだったのだろうとふと戸惑いを感じた。

重い疲れが彼女の歩みをとどこおらせ、突然、鋭い悪寒が全身をつつみこんだ。足がふるえ、立っていることさえ辛かった。

海沿いの道にへたへたと坐りこんだ以茶の目に、海の色がさらにまぶしかった。

右手に見える村の家々から、闇をふくみはじめた空に、夕餉の煙がさかんに上っている。

「あの人にまた鈴鳴らす伊予の海——」

あの人とは、自分の目前で磔にされた大森左内。鎰屋以茶は、数年前に詠んだ句を口に出してつぶやいた。

そして「左内さま、うちも連れていってておくれやす」と海に語りかけた。

意識が混濁し、薄れてくる。

鎰屋以茶は左内さまとまた呼び、薄汚れた経帷子(きょうかたびら)につつまれた身体を、しずかに夏草のなかに横たえた。

「お遍路が死んでいるぞい——」

翌朝、彼女の死体は村人によって発見された。

村役人や村年寄たちがすぐ駆けつけてきた。

小さな髷(まげ)をゆった村年寄の一人が、行き倒れた女遍路の笈をさぐり、捨往来(すておうらい)手形を一読した。

「どんな事情があったのかわしらにはわからんが、かわいそうやけど、手形通りにせなしょうがないわなあ」

かれの指図にしたがい、百姓たちは鍬(くわ)や鋤(すき)をふるい、以茶の遺骸は遍路道の近くに埋められた。土饅頭（土盛り）の上に、笠杖などが置かれたが、笈はともかく、その中に納められた数十冊の「以茶自筆句帳」の始末に、村年寄たちは困り果てた。

「なんやら歌らしいものが書いてあるけど、そんな一文にもならん品は、焼きすてればよいのじゃ。なにしろ手形に、その土地の作法次第に始末してよいと書かれているしのう」

村役人の一声で、鎰屋以茶の絶唱は村人の手でことごとく破り捨てられ、火にくべられた。

句帳がすぐ火につつまれ、つぎには小さな紙灰となり、潮風にあおられ紺青の空に舞いあがる。

ゆく秋やほころびひどき頭陀袋

その句を書いた部分だけが、奇妙にも焼けのこり、大空に狂い昇り、海にむかい飛んでいった。

参考書目

『空海―生涯と思想』宮坂宥勝著、筑摩書房刊
『日本遊行宗教論』真野俊和著、吉川弘文館刊
『遍路・彼岸に捨てられるもの・民間伝承集成・語り部の記録』土橋寛監修、廣川勝美編、
K.K.創世記刊
『四国近世被差別部落史研究』三好昭一郎編、明石書店刊
『巡礼と遍路』武田明著、三省堂選書
『芭蕉にひらかれた俳諧の女性史』別所真紀子著、オリジン出版センター刊
『京近江の蕉門たち』山本唯一著、和泉書院刊
『蕪村の手紙』村松友次著、大修館書店刊
『四国の風土と歴史』山本大・田中歳雄著、山川出版社刊
『京都の歴史⑥伝統の定着』林屋辰三郎責任編集、學藝書林刊
『京の町人・近世都市生活史』守屋毅著、教育社刊

あとがき

小説作品について、よく構想五年とか十年とかのフレーズを目にすることがある。これはだいたい商業主義のなせる過剰な表現の場合が多い。しかし、一面では真実の気配もないではない。

作者の仕事は、一つのテーマをふと考えたときが作品の〈萌芽〉であり、そのあと資料の収集などのほか、逐次作品を完成させるための作業がはじまるからだ。さまざまな遅滞は常で、当然、作品の構想を等閑（なおざり）にする空白期もできてくる。それらをふくめて構想何年と解せば、過剰でも虚偽でもないと了解されるだろう。

この作品『遍照の海』は、歴史（時代）小説のジャンルからすれば、市井物といわれる分野に位置付けられる。だが作者のわたくしには、通常の市井物を書くのとはちがい、そうそう簡単にはいかなかった。

主人公である鎰屋以茶――なる人物を書こうと考えたのは五年ほどまえ。江戸時代、司法処置で社会から遺棄され、一生、四国遍路につかされた人々がいたと知ったときからであった。

四国遍路は、弘法大師有縁の寺々を巡拝する頭陀行をいい、四国四県にまたがる八十八番札所の全道程は約千四百キロメートル、行脚には五十五日ほどもかかる。

この遍路行は空海への深い信仰から、かれの死後まもなく興り、室町時代以降さかんになり、江戸時代、最盛期をむかえた。現在は主にバスに乗っての巡拝だが、往時のそれはいまとは全くちがい乞食（こつじき）の旅、わずかな米や銭の喜捨をうけての行脚だった。遍路宿や札所に泊れない人々は、神社の拝殿の床下や、野小屋などで一夜を明かした。

四国遍路がはじまって以来、この道をたどった人々の多くは、人生の敗残者として、また業病を病んで家郷から追われたり、人生の桎梏から逃れるため、弘法大師に救いを求め遍路行をつづけた。一生涯四国をめぐり、やがて路傍で命を終えた人もめずらしくなかった。

大正七年（一九一八）四国遍路にでかけた高群逸枝は、『お遍路』（中公文庫）のなかで自分自身を遺棄した人々の悲哀をのべている。

わたくしは聖徳太子をのぞいて空海ほど、人間の根源や本質を鋭くみつめ、自分から発した生の言葉で、仏教の必要を説いた人はいないと思っている。後年、比叡山延暦寺から出た鎌倉仏教の祖師たち、たとえば親鸞もまた、人間の本質を凝視する姿勢を、空海から学んだはずである。

——生れ生れ生れ生れて生の始めに暗く、死に死に死に死んで死の終りに冥し。

空海は『秘蔵宝鑰』でこうのべている。

この作品を書くに当り、わたくしは暇をつくっては、何年にもわたり四国を訪れた。生涯、遍路行をつづけて死んでいった一人の女性俳人をデッサンするためであった。作品のなかに挿入した多くの俳句を吟味していただけば、その深い意味が察せられると勝手に考えている。

作品を書くに当り、『別冊婦人公論』の横山恵一氏の該博に助けられ、単行本の刊行に際して、鈴木紀勝氏に多大な労をわずらわせた。多くの人々に深甚の謝意を表したい。

平成四年夏

澤田ふじ子

解説

縄田一男

のっけから私事で恐縮なのだが、私が「遍照」という言葉を知ったのは、高校生の時、濫読(らんどく)の果てに出会った『伊東静雄詩集』に収められていた「わがひとに与ふる哀歌」においてであった。恐らくは、愛し合っているであろう一組の男女が、手を取り合い、清らかなるものの存在を信じつつ、自然と一体になりながら、ともすれば忍び寄る虚無を振り払い太陽に向って歩いていく。そして、この詩の最後は、次のように綴られるのだ。

如かない　人気ない山に上り
切に希はれた太陽をして
殆ど死した湖の一面に遍照さするのに

私は、無論のこと、その当時、伊東静雄が「日本浪曼派」の代表的詩人であることを知らず、第一詩集『わがひとに与ふる哀歌』（昭10）に次いで刊行され、透谷文学賞を受賞した『夏花』（昭15）収録の「朝顔」「水中花」が、「死の陶酔を感じさせる耽美の極地を示し、殉忠を強いられた当時の青年の心情に共鳴し愛誦された」（小高根二郎）事実も知らなかった。

ましてや、「日本浪曼派」の詩人たらんとした五味康祐が、こと志と違う剣豪作家となりつつも、その思い断ちがたく、代表作『柳生連也斎』（昭30）の、連也斎の使う、太陽に向って進んでいく剣（立ち合いの場合、普通は太陽を背にした方が有利になる）が、この詩に対するオマージュであったことなど、分かりようはずもなかった。

話がだいぶ脱線してしまったようだが、私がいいたいのは、作家が、それも澤田ふじ子のような、読者に対する良心を一度なりとも放棄したことのない作家が、言葉を選び取る時、そこには抜きさしならぬ思いが存在しているという事実に他ならない。

私に「遍照」という言葉との再会をさせてくれた本書、『遍照の海』もまた然り。

この作品は、平成四年一月、「別冊婦人公論」冬号に一挙掲載され、同年九月、中央公論社より刊行された長篇で、道ならぬ恋に落ちたが故に、罪科を背負い、生涯、四回巡礼を続けねばならぬ京の紙屋・鎰屋の娘以茶の数奇な運命を描いた力作である。

その作品の題名に、作者は、何故、「遍照」の二文字を用いたのか――。この言葉を辞書で引くと、まずはじめに記されているのが、〝あまねく照らすこと。広く照り渡ること〟であるが、物語がはじまって間もなく、「弘法大師への強い信仰から生まれた四国遍路は」とも、「『南無大師遍照金剛――』／彼女（以茶）は鈴を鳴らし、口の中で小さくつぶやいた。／遍照金剛とは、弘法大師空海が長安で師の恵果阿闍梨から、正統密教の伝授の伝授をうけたときさずけられた灌頂号（名号）」である、とも記されているように、仏教用語でもあり、その場合、前述の〝あまねく照らすこと〟は、〝法身の光明が、あまねく世界を照らすこと〟という意味になる。

ここで再び問う。では、何故、作者は本書の題名に「遍照」の二文字を用いたのか――。

作者は、初刊本のあとがきで四国遍路について次のように記している。

いわく、「四国遍路は、弘法大師有縁の寺々を巡拝する頭陀行をいい、四国四県にまたがる八十八番札所の全道程は約千四百キロメートル、行脚には五十五日ほどもかかる。／この遍路行は空海への深い信仰から、かれの死後まもなく興り、室町時代以降さかんになり、江戸時代、最盛期をむかえた」と。

いわく、「四国遍路がはじまって以来、この道をたどった人々の多くは、人生の敗残者として、また業病を病んで家郷から追われたり、人生の桎梏（しっこく）から逃れるため、弘法大師に救いを求め遍路行をつづけた。一生四国をめぐり、やがて路傍で命を終えた人もめずらしくなかった」と。

では、以茶をそのような境遇に落としたのは何か、といえば、既に記したように、それは、道ならぬ恋――しかしながら、鎰屋が持っている六軒長屋に住むことになった浪人・大森左内と以茶が目に見えぬ糸で結ばれることになる予兆――それは、左内が、空海の『秘蔵宝鑰（ほうやく）』の中の一節、「生れ生れ生れ生れて生の始めに暗く、死に死に死に死んで死の終りに冥（くら）し」を口にした時、既にきざしていたのではないのか。

『秘蔵宝鑰』には、人の心を、最低の悪い心から最高の悟りの心までを十段階に分けて十住心の思想が説かれている、という。では、何故、ことのほか慈悲深く、高潔な魂の持ち主である、以茶と左内が道ならぬ恋に落ち、片や処刑され、片や四国遍路に旅立たねばならなかったのか。

その答えは、死を眼前にして掛与力・多田嘉門の情に接した以茶の述懐、「世の中には、盗癖も持たずして悪人でなくとも、暮しや切迫した事情に追いつめられ、他人の物を盗まなければならない人もいる。また相手を殺す者もいるのだ。人生の暗黒に直面したこうした人間を救うのは、人間の深い情やあたたかい気持ちだが、不幸にしてその網の目からこぼれ、奈落の底に落ちた人にほど、さらにそれが求められる」の中にあるのではないのか。作者は以茶の処刑寸前、彼女に栄寛上人の袈裟が投げられたと知るや、竹矢来の外にいる「これまで以茶の慈悲を受けた貧しい人々」から「一斉に声がわき、あたりは一層騒然としてきた」と記している。実際、人が罪を犯すか否かの間には、ほんの僅かの差しかない。恐らくは、それを慈悲によって救っていたのが以茶であり、彼女は仏によってより深い悟り＝放浪の旅へと旅立たねばならなかったのである。

作者は、前述の「生れ生れ生れ生れて生の始めに——」という空海の序詩について、あるエッセイで、「これは明らかに無常観であり、人間はどこから来て、死後はどうなるのか。永劫の闇を冷静にみつめ〈生〉を問う言葉であった。／日本の文化や思想の根源は漂泊にあり、無常の美をたたえる精神に流れている」と記しているが、以茶はその実践者として選ばれし者だったのではないか、という気がしてならない。

そして作者は、その以茶の四国遍路のパートナーとして、句吟を設定した。実際、澤田ふじ子は、この作品を書くために幾度も、四国遍路に赴き、句作を試みているが、それは、あたかも、以茶のことを実在の人物であるかのように、その足跡をたどった旅であった、これという。作中に挿入されている約四十にものぼる句は、その途中で吟じられており、これほど、作者と主人公が見事に一体化している作品は、そうそう見られるものではない。

そして、作者は、何故、この作品に「遍照」の二文字をつけたのか、と三たび問えば、もはや読者諸氏にはお分かりであろう――ラストに現われる「夏の落暉（らっき）が海面を赤く染め、その返照が目にまぶし」い〝遍照の海〟が、以茶の、そして愚かしくも痛ましい人間というものに対する救済のイメージでなくして何であろうか。更にいえばこの時、以茶は読者の心の中で永遠の生命を持つ存在となるのである。

さて、作者は、「突飛なことを記すようだが、執筆に際してさだまさしさん（編曲・信田かずお）のお歌いになられた『無縁坂』を頻繁にきき、大いに役立った」と記している。そのひそみにならえば、私もこの解説を書いている時にBGMとなる曲があった。「無縁坂」ほど有名な曲ではないので、少し説明させてもらうと、それは、勝新太郎主演のTVドラマ「新・座頭市」の主題歌で、石原裕次郎が歌った「不思議な夢」（作詞なかにし礼、作・編曲村井邦彦、日高富明）である。その二番の歌詞にこう記されている――「枝をはなれて　散る落葉　人の命のはかなさを　つらいつらいと　つぶやきながら　生きてる姿が本当じゃないか」と。

唄も小説も、その時代時代に生きた人のこころを拾うものではないだろうか。澤田ふじ子作品の中でも『遍照の海』ほど、生きることの哀歓がしみじみ伝わって来る作品はない。味読していただきたいと思う。

二〇〇七年四月

澤田ふじ子　著書リスト（平成19年5月15日現在）

1　羅城門
講談社　78年10月
講談社文庫　83年1月
徳間文庫　01年9月

2　天平大仏記
角川書店　80年5月
講談社文庫　85年11月
中公文庫　05年3月

3　陸奥甲冑記
講談社　81年1月
講談社文庫　85年5月
中公文庫　04年9月

4　染織曼荼羅
朝日新聞社　81年2月
中公文庫　86年8月

5　寂野
講談社　81年4月
講談社文庫　87年3月
徳間文庫　99年12月

6　利休啾々
講談社　82年2月
講談社文庫　87年12月
徳間文庫　03年10月

7　けもの谷
講談社　82年5月
徳間文庫　90年5月
光文社文庫　01年3月

8　淀どの覚書
講談社　83年2月
徳間文庫　87年3月
ケイブンシャ文庫　01年7月
光文社文庫　06年2月

9　討たれざるもの
中央公論社　83年3月
中公文庫　85年10月

10　修羅の器
朝日新聞社　83年11月
集英社文庫　88年12月
光文社文庫　03年11月

11　黒染の剣（上・下）
講談社　84年2月
徳間文庫　87年9月
ケイブンシャ文庫　00年11月
幻冬舎文庫　02年12月

12　葉菊の露（上・下）
中央公論社　84年10月
中公文庫　87年8月

13　染織草紙
文化出版局　84年12月
広済堂文庫　90年11月

14　七福盗奇伝
角川書店　85年1月
徳間文庫　88年10月
広済堂文庫　99年8月
中公文庫　03年9月

15　夕鶴恋歌　講談社　85年3月
徳間文庫　89年1月
光文社文庫　01年11月

16　蜜柑庄屋・金十郎　集英社文庫　85年6月
徳間文庫　00年8月
「黒髪の月」に改題

17　花篝　小説日本女流画人伝　実業之日本社　85年10月
中公文庫　89年5月
光文社文庫　02年7月

18　闇の絵巻（上・下）　新人物往来社　86年4月
徳間文庫　89年7月
光文社文庫　03年3月

19　森蘭丸　講談社　86年7月
徳間文庫　90年9月
光文社文庫　04年2月

20　花僧（上・下）　中央公論社　86年10月
中公文庫　89年11月
21　忠臣蔵悲恋記　講談社　86年12月
徳間文庫　91年12月
新版　徳間文庫　98年10月
22　千姫絵姿　秋田書店　87年6月
新潮文庫　90年9月
ケイブンシャ文庫　02年3月
光文社文庫　05年2月
23　虹の橋　中央公論社　87年9月
中公文庫　93年8月
24　花暦　花にかかわる十二の短篇　中央公論社　88年4月
広済堂文庫　97年9月
徳間文庫　07年1月
25　覇王の女　春日局波乱の生涯　光文社　88年7月

広済堂出版　92年5月
「江戸の鼓　春日局の生涯」に改題
徳間文庫　06年5月
26　聖徳太子　少年少女伝記文学館　講談社　88年9月
27　天涯の花　小説・未生庵一甫　中央公論社　89年4月
中公文庫　94年12月
28　冬のつばめ　実業之日本社　89年10月
新選組外伝　京都町奉行所同心日記　新潮文庫　92年9月
徳間文庫　01年5月
29　もどり橋　中央公論社　90年4月
中公文庫　98年4月
30　空蝉の花　池坊の異端児・大住院以信　新潮社　90年5月
新潮文庫　93年8月
中公文庫　02年10月
31　空海　京都・宗祖の旅　淡交社　90年6月

32　火宅往来　日本史のなかの女たち　広済堂出版　90年8月
広済堂文庫　93年2月
「歴史に舞った女たち」に改題
33　嫋々の剣　徳間書店　90年10月
徳間文庫　95年5月
34　親鸞　京都・宗祖の旅　淡交社　90年10月
35　神無月の女　禁裏御付武士事件簿　実業之日本社　91年1月
徳間文庫　97年5月
36　村雨の首　広済堂出版　91年2月
広済堂文庫　01年7月
37　闇の掟　公事宿事件書留帳　広済堂出版　91年7月
広済堂文庫　95年7月
幻冬舎文庫　00年12月
38　女人の寺　大和古寺逍遥　広済堂出版　91年10月
広済堂文庫　02年4月

39 流離の海（上・下）私本平家物語 新潮社 92年6月
中公文庫 00年8月
40 遍照の海 中央公論社 92年9月
中公文庫 98年9月
徳間文庫 07年5月
41 木戸の椿 公事宿事件書留帳二 広済堂出版 92年10月
広済堂文庫 96年7月
幻冬舎文庫 00年12月
42 有明の月 豊臣秀次の生涯 広済堂出版 93年1月
広済堂文庫 01年1月
43 朝霧の賊 禁裏御付武士事件簿 実業之日本社 93年5月
徳間文庫 97年10月
44 遠い螢 徳間書店 93年7月
徳間文庫 98年3月
45 見えない橋 日本経済新聞社 93年9月

新潮文庫　96年10月
徳間文庫　03年5月

46　**女人絵巻　歴史を彩った女の肖像**
徳間書店　93年10月
徳間文庫　04年10月

47　**意気に燃える　情念に生きた男たち**
広済堂出版　93年10月
広済堂文庫　01年11月
「風浪の海」に改題

48　**拷問蔵　公事宿事件書留帳三**
広済堂出版　93年12月
広済堂文庫　96年8月
幻冬舎文庫　01年2月

49　**絵師の首　小説江戸女流画人伝**
新潮社　94年2月
広済堂文庫　99年3月
「雪椿」に改題

50　**海の螢　伊勢・大和路恋歌**
学習研究社　94年2月
広済堂文庫　98年3月

51　閻魔王牒状　徳間文庫　05年9月
瀧にかかわる十二の短篇　朝日新聞社　94年8月
広済堂文庫　98年9月
「瀧桜」に改題　徳間文庫　04年7月
52　冬の刺客　徳間書店　94年10月
徳間文庫　99年8月
53　京都知の情景　読売新聞社　95年4月
中公文庫　00年3月
「京都　知恵に生きる」に改題
54　足引き寺閻魔帳　徳間書店　95年7月
徳間文庫　00年5月
55　竹のしずく　PHP研究所　95年9月
幻冬舎文庫　00年4月
「木戸のむこうに」に改題

56　狐火の町
広済堂出版　95年9月
広済堂文庫　00年3月
中公文庫　03年2月

57　これからの松
朝日新聞社　95年12月
徳間文庫　99年4月
「真贋控帳　これからの松」に改題
光文社文庫　06年11月

58　重籐の弓
徳間書店　96年4月
徳間文庫　01年1月
「将監さまの橋」に改題

59　幾世の橋
新潮社　96年11月
新潮文庫　99年9月
幻冬舎文庫　03年6月

60　天空の橋
徳間書店　97年6月
徳間文庫　02年1月

61 奈落の水　公事宿事件書留帳四　広済堂出版　97年11月
幻冬舎文庫　01年4月
62 高瀬川女船歌　新潮社　97年11月
新潮文庫　00年9月
幻冬舎文庫　03年4月
63 女狐の罠　足引き寺閻魔帳二　徳間書店　98年4月
徳間文庫　02年5月
64 惜別の海（上・下）　新潮社　98年4月
幻冬舎文庫　02年2月
65 天の鎖　新人物往来社　98年10月
中公文庫
延暦少年記　天の鎖第1部　05年12月
応天門炎上　天の鎖第2部　06年1月
けものみち　天の鎖第3部　06年2月
66 背中の髑髏（どくろ）　公事宿事件書留帳五　広済堂出版　99年5月

幻冬舎文庫　01年8月

67　螢の橋　幻冬舎　99年11月
幻冬舎文庫　02年8月

68　はぐれの刺客　徳間書店　99年11月
徳間文庫　02年9月

69　いのちの螢　高瀬川女船歌　新潮社　00年2月
幻冬舎文庫　03年4月

70　奇妙な刺客　祇園社神灯事件簿　広済堂出版　00年4月
中公文庫　01年12月

71　聖護院の仇討　足引き寺閻魔帳三　徳間書店　00年4月
徳間文庫　03年1月

72　霧の罠　真贋控帳　徳間書店　00年11月
徳間文庫　03年7月
光文社文庫　07年2月

73　ひとでなし　公事宿事件書留帳六　幻冬舎　00年12月

幻冬舎文庫　02年6月

74　大蛇（おろち）の橋
幻冬舎　01年4月
幻冬舎文庫　03年8月

75　地獄の始末　真贋控帳
徳間書店　01年7月
徳間文庫　04年1月

76　火宅の坂
徳間書店　01年10月
徳間文庫　04年5月

77　夜の腕　祇園社神灯事件簿二
中央公論新社　02年3月
中公文庫　04年3月

78　にたり地蔵　公事宿事件書留帳七
幻冬舎　02年6月
幻冬舎文庫　03年12月

79　大盗の夜　土御門家・陰陽事件簿
光文社　02年7月
光文社文庫　04年11月

80　雁の橋
幻冬舎　03年1月
幻冬舎文庫　07年4月

81 王事の悪徒 禁裏御付武士事件簿 徳間書店 03年1月
徳間文庫 05年1月

82 宗旦狐 茶湯にかかわる十二の短編 徳間書店 03年3月
徳間文庫 05年5月

83 銭とり橋 高瀬川女船歌 幻冬舎 03年4月
幻冬舎文庫 04年8月

84 恵比寿町火事 公事宿事件書留帳八 幻冬舎 03年6月
幻冬舎文庫 04年12月

85 嵐山殺景 足引き寺閻魔帳四 徳間書店 03年9月
徳間文庫 05年7月

86 鴉婆（からすばば） 土御門家・陰陽事件簿 光文社 03年10月
光文社文庫 05年11月

87 悪い棺 公事宿事件書留帳九 幻冬舎 03年12月
幻冬舎文庫 05年6月

88 真葛ヶ原の決闘 祇園社神灯事件簿三 中央公論新社 04年3月

中公文庫　06年4月

89　花籠の櫛　京都市井図絵　徳間書店　04年6月
　　徳間文庫　06年1月

90　釈迦の女　公事宿事件書留帳十　幻冬舎　04年7月
　　幻冬舎文庫　05年11月

91　悪の梯子　足引き寺閻魔帳五　徳間書店　04年10月
　　徳間文庫　06年9月

92　高札の顔　酒解神社・神灯日記　徳間書店　05年2月

93　篠山早春譜　高瀬川女船歌　幻冬舎　05年3月
　　幻冬舎文庫　06年10月

94　無頼の絵師　公事宿事件書留帳十一　幻冬舎　05年5月
　　幻冬舎文庫　06年12月

95　狐官女　土御門家・陰陽事件簿　光文社　05年11月

96　やがての螢　京都市井図絵　徳間書店　06年1月

97　比丘尼茶碗　公事宿事件書留帳十二　幻冬舎　06年2月

98　山姥の夜　足引き寺閻魔帳六　徳間書店　06年4月
99　お火役凶状　祇園社神灯事件簿四　中央公論新社　06年5月
100　雨女　公事宿事件書留帳十三　幻冬舎　06年8月
101　世間の辻　公事宿事件書留帳十四　幻冬舎　07年1月
102　これからの橋　澤田ふじ子自選短編集　中央公論新社　07年1月

また他に、埼玉福祉会から刊行された大活字本シリーズとして『寂野』『石女』『討たれざるもの』『蜜柑庄屋・金十郎』『虹の橋』『遠い螢』がある。

この作品は1992年9月中央公論社より刊行されました。

徳間文庫をお楽しみいただけましたでしょうか。どうぞご意見・ご感想をお寄せ下さい。
宛先は、〒105－8055　東京都港区芝大門2－2－1　㈱徳間書店「文庫読者係」です。

徳間文庫

遍照の海（へんじょうのうみ）

2007年5月15日 初刷

著者 澤田ふじ子（さわだふじこ）

発行者 松下武義（まつしたたけよし）

東京都港区芝大門二―二―二〒105―8055

発行所 株式会社徳間書店

電話 編集〇三(五四〇三)四三五〇
販売〇四八(四五一)五九六〇

振替 〇〇一四〇―〇―四四三九二

印刷 凸版印刷株式会社

製本 株式会社宮本製本所

〈編集担当 吉川和利〉

ISBN978-4-19-892601-4 (乱丁、落丁本はお取りかえいたします)

徳間文庫の最新刊

津和野殺人事件 内田康夫
津和野の旧家を襲う連続殺人。歴史ある一族の謎に浅見光彦が迫る

汚染海域〈新装版〉 西村京太郎
伊豆の漁村に公害騒動が。利権に躍る企業と政府調査団の黒い実態

特捜指令荒鷲
射殺回路 南　英男
超法規捜査の秘命を受けた悪刑事コンビ。今回の事件は？　書下し

黒豹列島 門田泰明
特命武装検事・黒木豹介
恐怖の毒雨を降らせる謎の組織から黒木の生命を要求する脅迫が！

女教師 清水一行
中学校内で生徒が教師を強姦。教育現場の様々な問題を抉った傑作

夜光の熟花 北沢拓也
可憐な花弁、妖しい花びら。荒々しく手折られるのを待つ女たち！

ふたまたな女たち 末廣　圭
彼氏はいるけど別の男ともセックスしたい。ふたまた志向の女たち

好きにしていいの みなみまき
娘の家庭教師との情事の後、奇妙な手紙が届いた。濃密エロス！

嫋々の剣　澤田ふじ子
禁裏御付武士事件簿《神無月の女》　澤田ふじ子
禁裏御付武士事件簿《朝霧の賊》　澤田ふじ子
遠い螢　澤田ふじ子
忠臣蔵悲恋記　新版　澤田ふじ子
真贋控帳　これからの松　澤田ふじ子
冬の刺客　澤田ふじ子
寂野　澤田ふじ子
足引き寺閻魔帳　澤田ふじ子
黒髪の月　澤田ふじ子
将監さまの橋　澤田ふじ子
冬のつばめ　澤田ふじ子
羅城門　澤田ふじ子
天空の橋　澤田ふじ子
女狐の罠　澤田ふじ子
はぐれの刺客　澤田ふじ子
聖護院の仇討　澤田ふじ子
見えない橋　澤田ふじ子
霧の罠　澤田ふじ子

利休啾々　澤田ふじ子
地獄の始末　澤田ふじ子
火宅の坂　澤田ふじ子
閻魔王牒状　澤田ふじ子
女人絵巻　澤田ふじ子
王事の悪徒　澤田ふじ子
宗旦狐　澤田ふじ子
嵐山殺景　澤田ふじ子
海の螢　澤田ふじ子
花籠の櫛　澤田ふじ子
江戸の鼓　澤田ふじ子
悪の梯子　澤田ふじ子
花暦　澤田ふじ子
遍照の海　澤田ふじ子
古着屋総兵衛影始末　死闘！　佐伯泰英
古着屋総兵衛影始末②　異心！　佐伯泰英
古着屋総兵衛影始末③　抹殺！　佐伯泰英
古着屋総兵衛影始末④　停止！　佐伯泰英
古着屋総兵衛影始末⑤　熱風！　佐伯泰英

古着屋総兵衛影始末　朱印！　佐伯泰英
古着屋総兵衛影始末　雄飛！　佐伯泰英
古着屋総兵衛影始末　知略！　佐伯泰英
古着屋総兵衛影始末　難破！　佐伯泰英
古着屋総兵衛影始末　交趾！　佐伯泰英
古着屋総兵衛影始末　帰還！　佐伯泰英
ヨハネの首　佐伯泰英
合衆国侵攻作戦　佐藤大輔
迫撃の鉄十字　佐藤大輔
反撃の旭日旗　佐藤大輔
作戦グスタフ発動　佐藤大輔
第二戦線崩壊　佐藤大輔
インディアン・ストライク　佐藤大輔
バーニング・アイランド　佐藤大輔
征途《上 衰亡の国》　佐藤大輔
征途《中 アイアン・フィスト作戦》　佐藤大輔
征途《下 ヴィクトリー・ロード》　佐藤大輔
信長新記　一 本能寺炎上　佐藤大輔
信長新記　二 天下普請　佐藤大輔

徳間書店

信長新記 三 家康謀叛	佐藤大輔
対立要因	佐藤大輔
想定状況	佐藤大輔
可能行動	佐藤大輔
平壌クーデター作戦	佐藤大輔
宇宙には意志がある	桜井邦朋
三國志群雄録	坂口和澄
ゲノムの方舟 上	佐々木敏
ゲノムの方舟 下	佐々木敏
龍の仮面 上	佐々木敏
龍の仮面 下	佐々木敏
させてあげるわ…	櫻木充
いけないコトする？	櫻木充
お願いします	櫻木充
感じてください	櫻木充
食べられちゃった	櫻木充
だれにも言わない？	櫻木充
あなたの借金チャラにします！	佐藤光則（監修） マネー問題研究会
ももこのトンデモ大冒険	さくらももこ

大江戸猫三昧	澤田瞳子（編）
大道楽江戸草紙	澤田瞳子（編）
酔うて候	澤田瞳子（編）
妙薬探訪	笹川伸雄＆日刊ゲンダイ「妙薬探訪」取材班
うぽっぽ同心十手綴り	坂岡真
恋文ながし	坂岡真
女殺し坂	坂岡真
凍て雲	坂岡真
藪雨	坂岡真
グリズリー	笹本稜平
社命	清水一行
こりねえ奴	清水一行
裏金	清水一行
遊興費	清水一行
陰の朽木	清水一行
真昼の闇	清水一行
出世運の女	清水一行
餌食	清水一行
血の重層	清水一行

抜擢	清水一行
腐蝕帯	清水一行
歪んだ器	清水一行
頭取室	清水一行
使途不明金	清水一行
葬った首	清水一行
創業家の二人の女	清水一行
別名は〃蝶〃	清水一行
動機	清水一行
動脈列島	清水一行
小説兜町	清水一行
絶対者の自負	清水一行
系列	清水一行
冷血集団	清水一行
相場師	清水一行
勇士の墓	清水一行
女教師	清水一行
鴨川物語 哀惜 新選組	子母沢寛
狼でもなく	志水辰夫

徳間書店

- 深夜ふたたび　志水辰夫
- 鳴門血風記　白石一郎
- 風来坊　白石一郎
- バスが来ない　清水義範
- MONEY　清水義範
- アジア赤貧旅行　下川裕治
- アジア達人旅行　下川裕治
- アジア極楽旅行　下川裕治
- アジア漂流紀行　下川裕治
- バンコク下町暮らし　下川裕治
- アジア辺境紀行　下川裕治（編）
- アジアほどほど旅行　下川裕治
- 新・アジア赤貧旅行　下川裕治
- アジア国境紀行　下川裕治
- 沖縄通い婚　下川裕治（編）
- 私は金正日の「踊り子」だった㊤　申英姫　金燦（訳）
- 私は金正日の「踊り子」だった㊦　申英姫　金燦（訳）
- 炎都　柴田よしき
- 禍都　柴田よしき
- 遙都 渾沌出現　柴田よしき
- ペット探偵の事件簿　白澤実
- 火遊び　子母澤類
- 花と蜜蜂　子母澤類
- OLはスゴかった！　週刊アサヒ芸能編集部（編）
- 佐賀のがばいばあちゃん　島田洋七
- がばいばあちゃんの笑顔で生きんしゃい！　島田洋七
- がばいばあちゃんの幸せのトランク　島田洋七
- がばいばあちゃんSP かあちゃんに会いたい　島田洋七
- カリスマ㊤　新堂冬樹
- カリスマ㊦　新堂冬樹
- 溝鼠　新堂冬樹
- 闘う女。　下関崇子
- 熱球　重松清
- 史記1 覇者の条件　司馬遷　市川・杉本訳
- 史記2 乱世の群像　司馬遷　奥平・久米訳
- 史記3 独裁の虚実　司馬遷　丸山・守屋訳
- 史記4 逆転の力学　司馬遷　和田・山谷訳
- 史記5 権力の構造　司馬遷　大石・丹羽訳
- 史記6 歴史の底流　司馬遷　村山・竹内訳
- 史記7 思想の命運　司馬遷　西野・藤本訳
- 史記8『史記』小事典　久米・丹羽・竹内編
- 猫好きのおもしろ話　鈴木真
- 犬好きのおもしろ話　鈴木真
- 饗宴　末廣圭
- 秘匿　末廣圭
- 灼熱　末廣圭
- 悲鳴　末廣圭
- 疼き　末廣圭
- 滾り　末廣圭
- 女たちの秘戯　末廣圭
- 女たちの蜜宴　末廣圭
- 人妻酔い　末廣圭
- 人妻盗み　末廣圭
- 人妻惑い　末廣圭
- 溺れ愛　末廣圭
- 女体リコール　末廣圭
- 睦み愛　末廣圭

火照り　末廣圭
純潔妻　末廣圭
魅せる肌　末廣圭
豹変　末廣圭
震える人妻　末廣圭
乗りくらべ　末廣圭
華爛漫　末廣圭
麗しの人妻　末廣圭
萌ゆるとき　末廣圭
ふたまたな女たち　末廣圭
エール　鈴木光司
父子十手捕物日記　鈴木英治
春風そよぐ　鈴木英治
一輪の花　鈴木英治
蒼い月　鈴木英治
鳥籠　鈴木英治
お陀仏坂　鈴木英治
夜鳴き蟬　鈴木英治
結ぶ縁　鈴木英治

ぼくらの悪魔教師　宗田理
ぼくらの特命教師　宗田理
ぼくらの魔女教師　宗田理
ぼくらの失格教師　宗田理
ぼくらの第二次七日間戦争　宗田理
再生教師　宗田理
ぼくらの第二次七日間戦争 グランド・フィナーレ！　宗田理
至福 現代小人伝　曽野綾子
黎明　曽野綾子
今日をありがとう　曽野綾子
必ず柔らかな明日は来る　曽野綾子
闇与力おんな秘帖　多岐川恭
色仕掛 闇の絵草紙　多岐川恭
春色天保政談　多岐川恭
色仕掛 深川あぶな絵地獄　多岐川恭
江戸の敵　多岐川恭
用心棒　多岐川恭
流星航路　田中芳樹
ウェディング・ドレスに紅いバラ　田中芳樹

アップフェルラント物語　田中芳樹
銀河英雄伝説1 黎明篇　田中芳樹
銀河英雄伝説2 野望篇　田中芳樹
銀河英雄伝説3 雌伏篇　田中芳樹
銀河英雄伝説4 策謀篇　田中芳樹
銀河英雄伝説5 風雲篇　田中芳樹
銀河英雄伝説6 飛翔篇　田中芳樹
銀河英雄伝説7 怒濤篇　田中芳樹
銀河英雄伝説8 乱離篇　田中芳樹
銀河英雄伝説9 回天篇　田中芳樹
銀河英雄伝説10 落日篇　田中芳樹
闇斬り稼業　谷恒生
闇斬り稼業 秘事　谷恒生
闇斬り稼業 妖淫　谷恒生
闇斬り稼業 姦殺　谷恒生
闇斬り稼業 蕩悦　谷恒生
闇斬り稼業 情炎　谷恒生
蒼竜探索帳　谷恒生
一心剣　田中光二